甜甜的，並不膩

詠棠 著

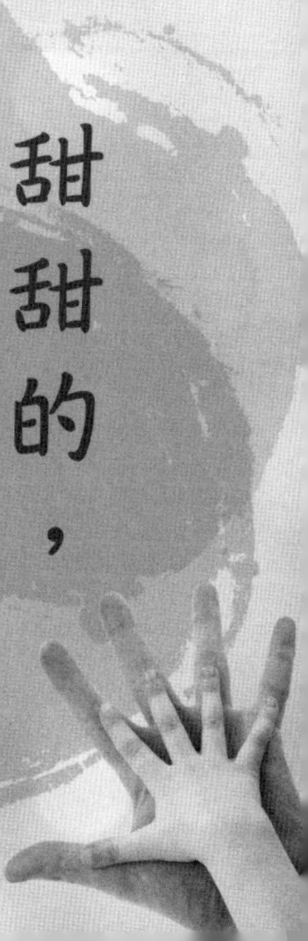

博客思出版社

目錄

靈機一動　008

在雨中

目錄

風雨清晨

靈機一動

我享受著山中清新的空氣，順便在夜晚，端杯咖啡，讀一首詩。

風自遠方緩緩撲面而來，誘惑我的靈魂，漸漸地，我的意識出走，如桌上那杯咖啡，被凍結的冰冷。

吸一口氣奮力向天際吶喊，可以從很遙遠的深處，傳回來一模一樣的頻率，於是我知道，這座山是孤獨的，與此刻的我一樣，我們都在喧囂的紅塵中作著寂寞的夢。

總有那樣的一天，我將回歸大自然，用來到人間的種種回憶佈置成一座花園，成為蝴蝶飛舞的天堂，讓寂寞的山林不再孤獨。

希望那時，能有個人端著咖啡來到我的秘密花園，不要傷心地流淚，而是讀一首詩，讓我可以隔著黃土，安靜地聆聽。

等待一百架飛機

從小父親就遊手好閒，不務正業，家裡的經濟重擔自然而然地壓在母親肩上，由於姊姊與我在家中排行老大老二，因此我們倆也是孩子群中，最能體會母親辛苦的人。在沒有零用錢的日子裡，我們會用便宜的東西來代替便當，偷偷的將午餐錢點點滴滴省下來，讓積少成多的存款，可以應付偶爾必須繳交的班費或者是雜費等等，以減輕母親的辛勞。而我們兩姐妹也會在每晚就寢前，彼此討論存錢的甘甜滋味。

那個時候我周圍的同學們，下課會拿出他們的玩具，再貴的，只要是他們喜歡，都能夠輕鬆擁有。而我，沒有顯赫家世，沒有優渥的經濟條件，常常只能用極度羨慕的心情，在一旁安安靜靜的看著他們玩。

我的姊姊會安慰我，告訴我不需花錢也能讓自己快樂的遊戲方式，而我最記得的，是可以許願的捉飛機。

我記得那個艷陽高照的假日早晨，姊姊帶著我站在窗前望啊望的，找飛機，找到了，她對著飛機飛翔的方向，捉一把，迅速握成拳頭，然後拍一下拳頭的手背，再做一個塞進嘴裡吞嚥的動作。如此一來，捉飛機就算完成了。聽說捉到第一百架，即可許一個願望。

姊姊在高中畢業後兩年，因罹患血癌住進醫院，我當時雖然已經踏出社會，但微薄的薪水，扣掉生活費，再貼補她的醫療金，根本沒有多的錢可以購買補品及營養食品來讓她養氣補身，她看出我的失落，安慰我，叫我捉飛機，也許等到一百架，她就可以出院了。

我常常什麼也不想，茫然的看著天，希望蔚藍的雲海間，可以掛滿飛機。當日子堆疊到第九十九臺飛機，我也在尋覓中增添一縷著急。我遍尋不著那第一百架翱翔天際的身影。

盼啊盼的，終於，在一個和煦的白天，第一百架飛機出現了，它飛過蔚藍的天，飛過我的眼前，然後再看著它，飛過姊姊靈骨塔的上方。

我的姊姊已經過世八年了，我也在婚姻中擺脫貧窮。但是在我人生旅程中，最快樂的不是現在的山珍海味，綾羅綢緞，而是從前在貧苦裡一同歡笑的平淡生活，那貧苦，印象深刻，卻也細細甜蜜。

今天，一架飛機飛過，我憑空朔造一個陪伴在我身邊的姊姊，像從前一樣，用手捕捉，然後數著：「第一架⋯⋯」。

千里浪影聲在耳

童年時，每當我看見娃娃與洋裝，就會忍不住打量擁有這一切的小女孩。

我記得很久，很久以前，因為家裡貧窮，有時三餐不繼，就連學費，母親都還得四處去張羅，才能順利的讓我們這些孩子，完成註冊。因為沒錢，我總是得加入小女孩們的遊戲區才能滿足抱娃娃的慾望。三餐不繼也讓我營養不良，同年齡的小孩長高了變胖了，我居然還穿得下她們弟弟妹妹的鞋子或衣服。我就是這樣莫名的拿到了「新」的舊衣服舊鞋子，還有我日以繼夜盼望的洋娃娃和故事書。阿姨們會出清，買進新的東西，舊的淘汰後便送進我家，不論到哪，家貧給人的印象都揮之不去。

我的好朋友不是娃娃，不是鄰家小女孩，而是夜晚水面倒映的那片月光。有陣子我在阿姨家居住，離海洋很近的關係，我會在沙灘上唱歌，在月光下築夢。月色是我的朋友，沙灘是我娛樂的地方。

後來環境變遷，每顆星子的消失，海洋每一吋慢慢擴散的污染，皆帶給我無限的感傷，因為我知道，大自然一旦被破壞就難以回復往昔風貌。儘管我仍懷念童年的歲月。

有一次，我帶著尚未入學的大兒子，回到以前玩過的沙灘，指著充滿垃圾的礁岩說：「以前這裡退潮後，岩石下有很多螺，夏天的時候，我跟阿姨舅舅，都在這兒撿回家煮成一盤盤，香噴噴又好吃的燒酒螺喔。」

兒子聽著笑了起來：「那我可以去玩了嗎？」看著他漸行漸遠的背影，我忽然驚覺，孩子對我的遺憾無法體會，他在現在的社會中成長，卡通電玩的吸引，讓他不曾認識月光的柔美與明亮；繁華的都市讓他無從明白追逐浪花的快樂。

我希望光陰再重來一次。

曾經有一次，我佇立在醫院的窗戶前，居高臨下，孤單的，一個人默默流淚。那個月光明亮的夜晚，我陪著姊姊走人生最後一段路。姊姊過世的當晚，我成為一個富翁，口袋滿滿的絕望，皮夾飽飽的憂傷。

那陣子在醫院，加護病房外，經常看見別的病人因病危，與家人上演的「死別」。我眼睜睜看著，淚水就這麼無聲地落下，為了姊姊，我變得敏感也更脆弱，對於死別，我有很深的悲傷，那悲傷讓我無能為力，一籌莫展。

朋友帶我紓解情緒，我因此來到海洋，看著月光下的海平面，捲起氣勢磅礡的雪白浪花。一瞬間，我忘了憂傷，忘了流淚，我凝視潮水，看它後浪推前浪，一次又一次的，始終不放棄上岸的機會。在日後的每一天，因難過心情沮喪時，我會讓心平合下來，這樣海浪的聲音就會開始出現，「千里浪影聲在耳」當我保持心靈寬廣，就會浮現明亮月光照射的海浪與潮聲。

婚後，我逐漸走出貧窮，山珍海味，綾羅綢緞，可是我常常懷念起的，卻是與妹妹共吃一碗麵，與姊姊搶一條破舊牛仔褲穿的歲月。如今，這些都遠離了，唯有那片月光屹立不搖，它在我眼前，彷彿伸手可及卻又遙遙遠遠。不論身在哪座港灣，只要雲朵不會遮蔽天上的月，我將看見月下海浪被岩石激出浪花的壯觀。即使相隔千萬里，當我用寬容的心對待別人時，依然可以聽到浩瀚千里的浪潮聲。

天涯共此時

空閒時，我會在網路上閱讀文章，讀讀別人的心情，體會不同的生活方式，也算是拓展視野。遺憾的是讀來讀去，免不了感覺孤獨。年齡層比較輕的文友，理論上應是以學業為主的年紀，居然將自己寫得毫無希望，他們的文章，一篇篇讀下來，除了愛情，還是愛情，黃金年華該有的活潑快樂都消失了。這就是國家未來的主人翁嗎？我們的小朋友，為什麼會這麼不快樂呢？

我還記得以前當學生的時候，也戀愛過，飽嚐過失戀的滋味，通常是三分鐘熱度，我很快的就能平復傷口，因為我的身分是以唸書為主的學生，只能付出純純的愛。

我的姊姊在學生時代更是開心，像陽光般的溫暖，與她在一起，短時間內都能忘記煩憂。她有時會發覺我的鬱鬱寡歡，因此她唸了一首詩給我聽：

海上生明月，天涯共此時。
情人怨遙夜，竟夕起相思。
滅燭憐光滿，披衣覺露滋。
不堪盈手贈，還寢夢佳期。

詩句裡的憂愁，思念，還有愛情，最終都留給美夢，我們既然無法改變現況，不如調適心境，畢竟只要一想到，彼此都看到同一個月亮，就算分隔兩地，靠著慰藉的東西，還是可以微笑入夢。

那時我開始意識到，姊姊其實也是個愛作夢的小女生，她不只在詩詞的世界中找尋風花雪月，更在漫畫的世界裡，體會少女情懷。

少女漫畫，這類型的故事架構，是她中學時代最憧憬的幻想。談情說愛不一定是不切實際，學生之間純純的愛情友情，也可以是真摯浪漫的。在沒有零用錢，連生活費也拮据的日子裡，她常常省吃簡用，能夠步行的路段，總是選擇放棄搭乘公車。走過晴天雨天，走過春夏秋冬，奇怪的是她不但不以此為苦，還找到一種快樂。

她說自己最可貴的事，就是有雙萬能手腳，可以風雨無阻的闖蕩這煙雨人生。

只是闖啊闖的，姊姊沒有闖過癌症的考驗。她過世後，我來到房間收拾姊姊的遺物，看見一本本漫畫，整整齊齊的堆疊，那些在書桌前的畫面隱約浮現。她喜歡閱讀漫畫，新漫畫出版的時刻，她總是捧著最新一期的漫畫書，安靜的坐在椅子上閱讀。我至今還相信漫畫裡的書頁邊，保有姊姊模糊的指紋，只是我的肉眼看不到。

如同為她張羅後事，整天撥放佛教誦經音樂。我跟著誦經吟唱，知道她的魂魄一定在我身邊，也許正陪著我朗誦，但我看不到，肉眼，中看不中用啊！

「海上生明月，天涯共此時。」我們雖不在同一個地方，卻能夠看見同一輪明月。當我在窗前想念過世的姊姊，抬頭望見那月亮，便揣測現在的她在什麼地方？現在的她在做什麼？是不是與我一樣正在欣賞月光？縱使陰陽兩隔，彼此無法對談，仍感覺心滿意足，只因我們能欣賞到相同景色。

其實，活著或是死亡，相差的只是實體與飄邈，我把失去的愛情還有死去的姊姊放在心裡，把想念隨身攜帶，就覺得這些記憶著的人物始終相伴左右，就算遠在天涯也能近在咫尺。我換了另一種心情與生離死別和平相處，不會怨天尤人，擁有的心常存感激。嚴以律己，寬以待人，簡單的活出另一種自我。原來，當我們慾望越少，快樂就會越多。

行過清明時

元宵剛過，陰雨微寒的春天又捎來掃墓的消息。悲歡歲月總匆匆，每個人都迎接忙碌理所當然的一天。

在這慎終追遠的日子裏，不少人忙著張羅，前往先人長眠的幽靜之地。路上行經古道，漫天冷雨不盡的灑落，山林、小鳥、山花，還有祭祖的人群，遂成一幅起霧的風景畫。

崎嶇山徑上，階梯的盡頭，是一大片廣場，下面一層，則是擺放骨灰與牌位的地方。相信每年來到此，緬懷先人的人們心中總塗上一層厚厚的感傷，但是今年觸目所及，卻不見僵硬的面容，倒是很多攜家帶眷的長輩，和樂融融的與子孫們嬉戲，奔跑在空曠的地方。一位高中般年紀的女孩拿出數位相機，意味著，捕捉美景是此趟，不容錯過的收穫。

他們是帶著怎樣的心情來記憶逝去的先人呢？我在空氣清新的蒼鬱林間觀望，忍不住的嘆息。忽然感覺那骨灰罈前的遺照，不再散發痛苦，彷彿穿越時空回到生前的歡愉。

這是奇怪而荒謬的。

然而靜心一想，還是透徹了。人世間不論歡笑還是哀愁，總難免經歷幾回日升月落，花開花謝，最後也將規律地沉澱為歷史。曾經是不能釋懷的刻骨銘心，卻禁不起日子的稀釋，多年後，感傷的人少了，只得成為子孫們口中的雲煙往事。

如同陸游與唐琬，至死不渝的愛情，千百年後也只成為一對分離彩蝶，翩然飛進於詩詞的悠遠浪漫中。原來只要一點點的哀愁，便能換得許多美麗傳說。所以任何事皆不需要去執著一生。

這就是存在於你我之間，如夢般的人生。

海，不減的風情

心情，總是捉摸不定，車過淡水，常忍不住透過車窗玻璃，觀望那無邊無界，蔚藍的海。也許接近沙灘，空氣間散發淡淡鹹味。

「淡水有雨嗎？」有時，朋友會因我的形容詞過於浪漫而疑惑。

後來我利用自己比較空閒的時間，佇立在那濕潤沙灘，看退潮夕落；海鷗背影繡在天際，浪漫不在夢中，真實的在眼前與我相逢。

近年來台灣海域已遭受不少人為汙染破壞，不復當年美麗。有時我會期待著能夠在退潮的沙丘岩堆裡，找到一窪清澈。當淺灘的水不再澄淨時，我會好奇的想，那些破壞大自然的人，是否曾經看過，燕鷗成群在潔淨無污染的海面上橫渡。許多不重視與不愛惜，造就那些脆弱的生命，在家園被破壞後，瀕臨絕種。我們的下一代，也許沒有機會，可以悠遊在碧海與大自然如此親近。

陰天看海沸騰，雨天看海迷濛；遠遠望去連天，近了才知無垠。直到置身其中，才能感覺那層層風雨竟也無法阻礙，浪漫且蒼白的海藍。

雨天的海洋，一切都迷濛，海天一直線的遠方，伸展出無邊寬廣，還有向我靠近的白浪。假若風再大些，捲起波濤，站在沙灘上，接受水花洗滌，精神可以振奮。

每次看海，就有寫詩的衝動，想把瞳裡寬闊的美景置於文字中，再寄信給遠方的友人。回到家，念頭便消失無蹤。寫詩便成一項艱難的挑戰，若只述海天一色，似乎略顯單調，若要隱喻擬人，時間不足筆墨又難以抒發複雜思緒！

不經意的想起網路詩人綠豆，那位來自遠方朋友，每一次的詩詞，如畫、如夢，唯美真實而有情。筆觸瀟灑，從容不迫。聽說綠豆的家在屏東，他居住在，那座最美的海洋。提起筆，月下疾疾書：「屏東的海，是什麼顏色，有沒有，你詩裡的湛藍？」

寫好的字條，沒有郵票，沒有信封，夾在筆記扉頁，還是決定，留給適合問號的自己。

生命，我懂，因為妳的愛

我常想起那句話：人生總免不了分離。

今天，接到母親電話，知道年近九十的外婆病危。話筒傳來的聲音並不急促，卻還是感受得到一份焦急。

母親說她想去探望外婆，算是告別吧！我雖然很多年不曾見到這位長輩，但是我依然可以明確地揣測：這告別，就是死別，是永遠的分離。

然後，放在這位長輩身上的想念，將永恆的成為懷念。所有的曾經，會因為生命的盡頭而成為子孫們口中的往事，被敘述起的時刻，還真讓人傷心。

想起童年時，每年夏天，總會堅持到外婆居住山上的家過夜，在澄淨的空氣裡，抬頭仰望星河，豎耳聆聽蟬鳴。而最期待的時刻，則是沐浴時分。當熱水昇起霧氣，模糊之間，一閃一爍的螢火蟲，緩緩地在不遠處，燃燒著美麗。外婆珍惜生命，始終提醒我不可以捕捉螢火蟲，因為螢火蟲最美的時刻，不在我們準備的瓶瓶罐罐，而事實上，材質再好的，都襯托不了螢火蟲的美，因為螢火蟲翱翔在天地間的自由，才是最動人的畫面。

我接受外婆的說法，認為瓶與罐，不該是螢火蟲之墓。生命，有生必有死，該捨時，就該捨去。對生命的尊重與道理，從那天開始，我一直銘記於心。

只是我雖然尊重生命，還是避免不了離別。

從童年到成年，好多年過去了，也面對幾次親人的辭世。夢裡，離世的親人來小聚，偶爾唱著李叔同的「芳草碧連天」，連夢中，都感染滿滿的哀戚。

於是我對生命無常，非常非常地疲憊了。

回憶中的那條小徑，佈滿螢火蟲的草叢已在這幾年間，陸陸續續經歷颱風肆虐，然後在姨丈的整頓下，蕩然無存。當年的草叢，如今只剩光禿禿的泥土，不見螢火蟲的足跡，夜晚來臨之際，只在燈光下幽幽發亮，散發孤獨的味道。

景物並未依舊，而人事確實已非。原來萬物與人，皆是如此，都有因歲月，不得不分離的遺憾。所以，成長過程，年齡增長之下，使我更加體會分離悲慟。只是我知道的原則，最終還是未能作到。關於生與死，死別，我無法捨得。小時候明白的道理，在歲月見證下，變得愈來愈艱難，我的情緒，也變得脆弱敏感。

記得最後一次見到外婆，是七年前的夏天。我們在港灣看人們叫賣魚貨，那天的陽光，穿越時空，炙熱地刺痛我的眼睛。今日與母親說電話時的眼睛。淚水的鹹澀，幾經掙扎，還是阻止不了，滾燙奔馳在臉頰。

母親驅車前往後，我在家中等待。夕陽落下之前，天地間的風不冷不熱，提前透露早春的溫度，然後，我看見客廳地上染出晚霞的顏色。那時，消息傳回，外婆已經與世長辭，舅舅家中正播放佛教音樂，我心痛的節奏。

閉上眼，淚水濕濕鹹鹹，擁有七年前，港灣的味道。

我見不到外婆了，人生，是一次次的相聚，也是一次的分離。可惜我永遠學不會，只得努力說服自己，生命裡許許多多的情節，過去了，便不會再重來。

想來，人生的智慧，我還是不及格的啊！

倘若四季皆如舊

不記得從什麼時候開始，愛上那一片浩瀚星空。

有一年夏季的某個午後，在台北市的某個書局裡，翻到一本以星星為主題的彩色攝影圖鑑。每一幅星星的隔頁，作者都會細心的用筆將星星排列的形狀串連成一個星座，讓閱讀的人方便認知。我專心的翻閱、對照，看著經過作者用心研究拍攝的星星，感覺好似遺忘身處空氣污染的天空，在臭氧層惡化，竟還能爭先恐後閃爍於夜幕低垂之時。我卻不曾親眼看過，因為它總在厚層雲朵來臨時點燃，然後急急殞落。而我輕率的個性也不曾認真的凝視，總是驚鴻一撇，虛度每個晴朗的夜。

在浩瀚夜空中閃爍，等不及人們掌聲讚美便消失無蹤，這種因污染而總讓人錯過的情境使我產生一絲感傷。

能否像書本圖鑑裡閃爍成壯觀的銀河？

還是，更像泳渡冰河覓食卻遲遲無法上岸的北極熊？

前些日子在某個電視台看見節約能源，熱愛地球的廣告，代言人盡心盡力的宣導「隨手關燈，節能減碳……」可惜那是一個酷熱的季節，現實的溫度間接婉拒他的美意。我離不開沒有冷氣吹的生活，除了隨手關燈關水，再找不到可以愛地球的方式。

同一個頻道不同時間，我看見了另一則廣告：「溫室效應持續，北極冰層溶化，海水開始上升……」就在螢幕內，因污染造成的生態破壞，狂風大雨，看見北極熊找不到上岸的地方而溺斃，一幕幕如雷貫耳般，震撼在我的心中。我不曾想過單純的過度使用資源會造成如此重大的災害。我看著卻無力阻止，只能在日後警惕自己節約能源了。

令我驚訝的是，那廣告中的北極熊讓我聯想到失色的星光。那些閃爍著光芒的浪漫，點亮黑暗的夜晚，卻無人發現，於是只得孤獨地在黎明破曉前夕，沉沒告別。

倘若星子黯淡是因為不被了解，那麼，北極熊是否也是疏於關心呢？

我不知道，造成這樣的疏忽與暖化，是自己的視而不見還是過度仰賴科技。身為人總有許多方便優於動物，就像拿起望遠鏡看整個宇宙比北極熊捕捉一條魚還要簡單，只是很可能下一秒鐘便忘記行星的模樣。我非常非常的慶幸了，自己身為紅塵中高智慧的人類。

我知道這些年來天氣變得很荒謬，季節未到，櫻花盛開。我看見新聞中的韓國人在樹下放冰塊的舉動，試圖阻止它在不對的季節綻放花香。忽然有個疑問，櫻花提前盛開是氣溫的混淆，還是人們的過失？

北極熊的死去與星星的黯然失色，對我的生活有什麼影響？我不想正面知道，只是總不經易想要，體會自己是書本中那些自言自語的星星，高掛延伸於不會擁擠的北極天空。

桂花飄香

桂花，誕生於初秋，總在全家團圓的中秋節前後，飄散著襲人香氛。

而我真正愛上桂花，是在唐詩宋詞的浪漫詞句描述下；詩詞的桂花，幽幽發香。而我也沉浸在最愛的一句「桂子飄香月下聞」的畫面中。

只是，這季節太多愁善感，過於惆悵。

到外婆家度假時，恰逢自己少女情懷如詩的心情，又適逢秋季，唐詩宋詞的桂花詠，如一絲繫在心上的弦，撥動我的歡喜憂傷。

山中等待秋季，秋季綻放桂花。阡陌、溪流、茶園，隨處都可以見到。走入庭院，我向住在外婆家旁的叔公打了招呼：「去看看你種的桂花與文旦呵！」叔公點頭微笑：「歡迎，歡迎。」叔公種植的桂樹又矮又小，卻開滿花朵，十里飄香，香氣交融著文旦樹酸澀的豐腴曲線。

入夜後，相依相伴的這兩棵樹，佇立在萬籟俱寂的月光下，一片祥和。也許，它們此刻正準備進入人們的夢鄉。

桂花飄香，便是我每年對秋季的遐想。

中學時看課外讀物，最愛讀作家琦君老師的文章，愛她仍是孩童時代，已懂得分辨善惡、有情有義。愛她在描述故鄉桂花樹，嗅著搖下花雨芬芳時，能自得其樂，吟誦著：「細細香風淡淡煙，競收桂子慶豐年。兒童解得搖花樂，花雨繽紛入夢甜。」容易心存滿足的心情。她一生最想念的其中之一，就是故鄉的桂花樹。她在戰火蔓延中離鄉背井來台，用桂花表達鄉愁，認為其他地方桂花再美豔、再動人，都不及故園的桂樹，這樣似雨的飄香。

許多年後，在電視節目介紹桂花的螢幕中，看見釀於醇酒的桂花，汁液金黃誘人，擺放一年以上會呈現琥珀色。根據老饕說，因釀於桂花，口味異常清爽甘甜，沒有刺鼻的酒精濃度。但，我覺得這種說法不見得適合每個人，不會喝酒的人，或許寧可喝桂花茶。

聽說，許多地方的桂花樹粗壯高挺，既可遮陽又可避雨，一片香氣撲鼻。「桂子飄香月下聞」。假想我用冰塊和酒，仰頭傾倒，直流入咽喉，桂香必能盡在玉液瓊漿裡流瀉，何須月下聞？

搬遷到台北後，鄰居送了一甕私釀的中藥酒。藥材沉浸在酒中，撈起時，散發著濃濃酒香。看哪！我驚呼，是琥珀色，那麼，那麼，嗅它為「桂花酒」。為了讓自己過過癮，我急急為它命名。

有一陣子迷上風景信套，喜歡去書局採買。信紙的反面印有各國各地的四季風情，正面可寫問候或祝福的話寄出，我挑選幾份圖文俱佳的，小心收納在手提袋內，一路顛沛折騰，總算到家。歡喜開心取出來，最讓我愛不釋手的信套，是一幅水墨國畫，上面印有一首詞，是范仲淹先生的「蘇幕遮」。先是高興、喜愛，然後一遍遍朗誦：

碧雲天，黃葉地，秋色連波，波上寒煙翠。
山映斜陽天接水，芳草無情，更在斜陽外。
黯香魂，追旅思，夜夜除非，好夢留人睡。
明月樓高休獨倚，酒入愁腸，化作相思淚。

突然忍不住地惆悵；即使是才華洋溢的君子，既生為人，免不了要經歷生活的悲歡離合。

而我好奇。

范仲淹先生的「酒入愁腸，化作相思淚」指的是來自何方的名酒？倘若我舉杯消愁是不相同的酒，入夢以後，可有相思？或者，又在微醺之間，瞳中斜陽，依舊滿滿「秋色連波」？

山映斜陽天接水。

斜陽指的便該是秋天夕陽了，只不過，觀看水面被夕照映得的含蓄，感覺充滿春季百花盛開的嬌羞模樣，一種澎湃生命力，似乎正蓄勢待發。

只是，這季節依舊太多愁善感，並且惆悵。

有些漫長秋夜，忽然想起牛郎織女，淒美的傳說，令人輾轉難眠，我便起身舀一瓢「桂花酒」擱在床頭枕畔，期待一場欲生欲死的相思夢。

生於初秋桂子，終將回歸塵土，深深埋入泥中，帶著飄落的幽香回憶，默默等待來年，誕生。

跨年，過完一年

過了夏季，就會覺得日子更加飛逝，一個不留神，一年，將毫無預警地過去，等待著的，又是「跨年」。對很多喜歡跨年的人而言，只是送走去年迎接來年。很多人，其實歡樂是多過於感傷。

很難說明為什麼，但，我就是不喜歡參加跨年晚會。跨年，意味著自己添加了一歲；代表自己距離年老更近一步。那麼，跨年又有什麼值得高興期待的地方呢？

然而，也說不出為什麼，每一年的跨年，我喜歡在倒數五秒鐘過完今年尾聲的感覺。也許是最初的印象，來自童年時過年才有的壓歲錢。領壓歲錢的前夕，必然需送走舊的一年。

只是，這一次家中的過年，並不是「過完一年」，而是為死去的親人做週年的祭拜，供桌上的水果餅乾擁擠著，燭火把空氣焚燒出感傷的味道。在秋末冬初過世的，是我的舅舅。

舅舅是在山中成長的小孩，爬過許多樹，垂釣過許多魚，為了生活，也吃了很多苦；最終，一病不起了。

照片中的他，黝黑的肌膚，肌肉結實的臂膀，可惜再強大再強壯的力量，也無法把健康送達到老年。當我們把功德迴向給這位長輩時，母親折了一朵蓮花。乘坐蓮花，魂魄可行萬里，輕鬆去到天堂。

舅舅是母親的哥哥，也是家中的長男。在生活困頓的從前，比母親大上十多歲的哥哥背負許多責任。外公外婆出門務農尚未返家，舅舅必須燒柴準備午餐、晚餐；甚至，幫年幼的弟弟妹妹洗澡，遇到生活上空閒時光，他去溪邊捕捉魚蝦，在污染濫捕不曾猖獗的年代，還捉得到珍貴的鰻魚，為家中補貼一點家用。

外公、舅舅都去世了，而我們卻只能悄悄低調地舉辦舅舅的喪禮，因為當時外婆仍在世，為了瞞住這位老人家，除了簡單低調，我們不知道該怎麼做，才是適宜的。

我的相簿裡保存著一張舅舅的照片，以大海為背景，精神抖擻地雙手插腰站在岩石上，中年人的活力，生生地定在時空中，無法增加或減少的年齡。然而，終究經不起歲月的消磨。他是一個好兒子好哥哥，卻無法因為好福氣而長命百歲。

如今，舅舅家的白牆上，還高高懸掛著他的笑容。母親每次過年回娘家，總要凝視相片懷念他好些時間。母親曾淚光閃閃地說，當她還是少女的時候，舅舅買了一只進口手錶，送給她。在當時，手錶是很珍貴的，可是為了疼愛的妹妹，舅舅還是咬著牙買下來了。這件事情至少經過三、四十年，是什麼力量，讓母親耿耿於懷？倘若沒有情感加持，又怎會教人在回想片刻，含著眼淚？

那一段歲月，不經意的，便無息地過去。一年接著一年。還來不及做準備，一年已去又見新年。於是我，又蹉跎了一年的時光。外婆在三年前辭世，此刻她與舅舅是否已相見甚歡？當它在我腦海反覆形成問號，我也會闔上酸澀的眼眶，為無法確知的答案，輕輕嘆息。

歲月，一去不復返，那麼，如何能在跨年的時刻，不要有遺憾，不要帶著眼淚？如果能記住一年以來的幸福，比方說歡笑啦，生活的意義啦！而不再迷糊過日子。那麼，迎向新的一年，便能存在更多期望，不是嗎？

血脈兩字何心境

小時候，台北正進行都市計劃，公路與大廈蠻橫地取代稻田與竹林。遊戲範圍受到限制的孩子，最喜歡連續假日，搭車前往鄉下的爺爺奶奶家，整個假期都能與大自然共舞。母親的娘家在山中，一樣有著天然的大自然教室。外公外婆栽種不少水果和花草，夏天的時候，不論是鳳梨還是香蕉，都是伴我賞月，陪我消暑的可口點心。淡淡花草香也在更深的夜晚飄進我獨一無二的夢境。

從小就愛聽母親說故事，從小時候仲夏夜坐在外婆家庭院乘涼開始，一直到成年以後，雖然多數聽過便忘，倒也有不少印象深刻難以忘懷的故事，牢鎖心頭。我記得一個故事，是故事也是案例。母親說那是她的一個同事，結婚多年，一直無法順利懷孕，夫妻倆跑遍各大醫療院所，甚至連人工受孕都嘗試，還是未能成功。有位醫生曾建議她疏通輸卵管，她在疏通過程痛得淚流滿面，依舊無功而返。每當她看見路上行人牽著或抱著嬰孩，總忍不住停下腳步，像是種羨慕，然後，等到大人小孩走遠了，再失望的垂下眼神。她面容的落寞，獨佇的孤寂，都教人難過。在人生道路上，她只是想成為一個母親，為什麼會這麼艱難？

來到母親的公司，看到故事中的她，覺得她很美，不只是皮膚白皙，還有與人的互動關係。喜歡她待人接物的親切和藹，為的是在那墮胎率節節高升的年代，她擁有那樣愛小孩的心腸。有些人不願照顧孩子，雖然已婚膝下無子，在不小心懷孕下，卻仍選擇墮胎。

還有個同學的姊姊，也是未能如願懷孕，為了改善體質得子，不管日曬雨淋，皆不辭辛勞的找中醫師把脈。中藥不知熬煮幾帖喝了，肚子依然沒有消息。她的姊姊失望但不氣餒，安分守己的完成她每天該喝完的中藥。

終於皇天不負苦心人。後來，她姊姊如願生了一子，歷經千辛，總算是排除萬難，品嘗到當母親的喜悅。

因為認同欽佩她姊姊的毅力，於是我很喜歡這段往事。

記得中學將畢業那年，幾位死黨間互傳一個鬼故事，聽說婦科的診間，擺放婦女小產後胎兒的屍體。因此打烊後的診所，靈異故事不脛而走。我害怕這樣的說法，偏在當時生理期不順，不得不上診所看診吃藥。在經過玻璃櫃前，我看見一甕甕，泡著藥水的標本。空氣寂靜中，我聽見自己的呼吸，一種感慨的頻率。懵懂的年少，已懂得瓶內的涵義，清楚的知道泡在藥水中的胎兒標本，是一條又一條，貨真價實被踐踏的生命。

那時，我不懂痛心；現在，寧願是那時候。

有一回在電視裡看見一則新聞，是關於如何避孕的宣導。青少年在暑期因為血氣方剛，使得不少女同學懷了身孕。婦產科的醫師遇到不少前來求診的少女，悉心地幫她們墮胎，好讓她們趕得及開學。尤其痛心的是，墮完胎回到家中的少女並未得到啟示，反而在有了第一次經驗的同時，也開啟勇氣，看著年少無知的學生談笑風生，輕輕鬆鬆的談論九月墮胎潮，說著她們週遭的女同學，如何一次又一次的懷孕，再毫不避諱地重蹈扼殺生命的覆轍。

我被這樣的言語弄糊塗了，有著掩抑不住的驚訝，怎麼血脈對她們而言，只是毫無關係和漠不關心。

現今在學的年輕人在校園看到和聽到的是什麼？是某班的氣質美女被現代陳世美拋棄；斯文的模範生一年之內劈了幾次腿；班對的你儂我儂成為同學間茶餘飯後的八卦焦點……還有安打與全壘打，會統計又頑皮的學生，藉此模擬出年度「嘿咻」第一名，榮登冠軍寶座的主角。

學生大多講究成績，如今「數字」有了更深的領悟：要知道墮胎率結果可歸入公式裡計算。

我實在是不願意相信，生命應該是偉大的，為什麼會被輕視，會有這麼多的無所謂？被性侵而不幸懷孕的女子，因為要勇敢面對身心創傷，不得不放棄腹中骨肉。在道德不斷流失的今天，竟有這麼多道貌岸然的君子淑女，不在乎如此野蠻的作法。

我不太會照顧新生兒，卻喜歡默默觀察寶寶如何踏出成功的第一步；如何牙牙學語。生命啊！讓我感覺快樂而感動。

不免突發奇想，同樣是懷孕，若天能從人願，取消一個不要孩子女性的母子緣，改賜緣分給母親的同事，讓她順利得子，想必會有另一番全家歡樂的味道吧！夫妻抱著或揹著嬰兒，走在春天賞蝶的小徑上，拍個照片，放進相框，有子萬事足的甜蜜模樣，大方展示在客廳的電視櫃，恆久的歡笑，任什麼力量也取代不了。

說起案例，提及從前，忍不住會說：「老天爺真不公平。」想起那些期待生兒育女的夫妻，憑著毅力，勇敢接受重重考驗與失敗，因為相信未來會有孩子，而使他們的容顏光采煥發。如今，性生活過度開放，懷孕年齡層逐年下降。那些重視成績，忽略應五育並重，面不紅耳不赤大談九月墮胎潮的莘莘學子，面貌何等猙獰！

我有一位高中認識的朋友，在與男友相戀初期便懷孕，只因無法確知兩人能否天長地久，能否攜手步入禮堂，經雙方溝通無異，瞞著彼此家人，偷偷吃藥流產。就這樣，骨肉還來不及長大，已被終止生命。也許是流產的步驟太過簡單，讓後來再度懷孕的朋友，如法泡製。等到兩人交往穩定了，已是第三個小生命來報到之時，雖然協議結婚，如膠似漆的感情卻在婚禮前經不起一次次的生活摩擦。朋友又再一次的吃藥墮胎。

據她表示，婦產科的墮胎藥很方便，吃完藥後去洗手間，將從體內排出的血塊與胎盤，由馬桶內沖水而下，即可一乾二淨。這時，透過話筒聆聽的我，感覺不寒而慄，為的是朋友對生命的輕視。實在是她，把死別看得輕易了。

於是，喜歡守著回憶的我，經常細細思量比較。愛孩子，是怎樣的心腸？墮胎者，又是怎樣的心腸啊？

翻閱許多書籍，想來沒有記載，否則何以尋不到答案。倘若有人能給予解答，煩請告知愚昧的我。在道德與善良不斷淪陷的現代，血脈兩字是何心境？

大地怒吼時

綠色隧道，筆直帶點曲線，籠罩著蒼鬱之美，在我的記憶中，一條生氣蓬勃的道路。

那日午後，乘坐友人的車來到集集，沿途經過的景色，被陽光慵懶地照耀地而微微發亮。

這裡是南投的一個小景點。

曾經，求學時代，對於任何一個科目皆絲毫不感興趣，上課鈴聲剛響起，我就期待下課甚至放學的來臨，對於週末週日，也是殷勤的盼望著，在像蕃薯的台灣地圖中，用紅筆圈起傳說的美景，期待即使是酷熱的夏天，或是飄雨的冬季，父母都能夠撥出時間帶我去旅遊，一償夙願。我當時的想法，引起父母不悅，理由是不愛唸書的我，成績一落千丈，他們眼中學生該有的本質，在我身上已經蕩然無存，根本就是無可救藥的叛徒，完全失去學生的樣子。因此大多數放假的日子，父母皆選擇在家休息，除了我的成績不理想，另外因素則為家中經濟壓得讓人喘不過氣，無形中影響到了旅遊的雅興。台灣的美景只得在夢裡，湧起濃霧與我相逢。

我的父母未能在旅遊這件事上讓我獲得滿足，所幸，成年後，會開車的朋友常載著我東奔西跑。

不忘在忙碌中找尋一些娛樂。求學時代認識的南投，總是陌生的在心中孤獨的寄居，經過七年了，不熟悉南投之美，直到朋友停車開始觀光為止。

假日的關係，加上塞車，加上迷路，當我來到集集，已是午後時分。

我們在集集小鎮停車，觀光景點帶來洶湧的人潮，人聲鼎沸，絡繹不絕。喧嘩的空氣中盤旋著悠揚的旋律，我猛然驚覺，那是陶笛之音。

其實，我以前不曾注意過陶笛的旋律，我情願彈奏難度很高的鋼琴。我以為只有鋼琴的柔和與激昂，才是上等的演出。直到此刻，我聽見陶笛的聲音。無意中看見吹奏曲調的老闆，靈活的指間，舞出動人音符。不論簡易或困難，只見他輕輕鬆鬆的按住、放開，吹一吹一首歌就結束了。而陶笛上的水漬，正是他吹笛時，手指留下的汗水。我有些心動了，受到感動。原來，我們一開始認定是好的東西，世上就一定不會再有第二樣，我們因此執著，不願體會人外有人，天外有天的境界。其實只要多看看世界「讀萬卷書不如行萬里路」，便能增廣見聞，才不會成為井底之蛙。

特別的是，當我發現自己無知的同時，也察覺到，賣陶笛的攤販不少，以響亮笛聲吸引顧客的卻不多。我在餘音嫋嫋的陶笛攤販前止步，選購一只陶笛。

是一種心血來潮，實在也是距離小妹的生日，日子所剩不多。付錢時才想起，她和我一樣，雖對音樂都有說不出來的天份，然而面對陶笛卻束手無策，氣餒無比。如今，當我打算贈送陶笛給她當生日禮物，是否也該學習如何吹奏？

初次接觸，挫折連連，我反覆輾轉練習，看似簡單構造的陶笛，技巧比想像中要來得不易，我努力著，只是怎樣也學不會，也許是我的傻勁感動了老闆，只見他很有耐心的，一遍遍的指導。

我賣力的吹奏，儘管五音不全，沮喪著感覺絕望。老闆指導我的動作忽然停住，像慢動作一般，微偏頭，眉頭深鎖。迎面而來的陽光，瀟灑地探照，把手中陶笛照耀的微微發熱。剎那間，彷彿心有靈犀，我體會到他笑容背後的含意。

我遵守自己的想法，單純的認定「天下無難事，只怕有心人」，努力，便能化解一切不能，所以我著急的，想事半功倍來迎刃而解。忽略世間萬物皆須歲月來相輔相成，欲速則不達，等待才能嘗到收割果實的愉悅。

事到如今，我只得放下堅持，在未來日子裡慢慢練習，一步步探索技巧。

不再練習了，必須告別，望向一個個目不暇給的攤販，想著該如何抉擇。每個攤販上的商品，玲瓏雅致，五花八門，排列出奪目般的色彩，燦爛繽紛。但，唯一吸引我目光的，是香味四溢，炸得黃澄澄、晶亮熟透的臭豆腐。

並不起眼，始終在攤販中扮演不可或缺的角色。經營者是一對夫妻，丈夫負責炸臭豆腐，老闆娘則忙於招呼客人，打包以及找錢。分工合作讓忙碌看起來格外溫馨。

老闆娘揹著一名嬰兒，依照衣服及飾品配件，我斷定是一名女嬰。小嬰兒的眼睛又大又圓，吃著小指頭，咿咿呀呀。我把食指放在小女嬰的掌心，她緊緊握住，開心的笑了，我不停扮鬼臉，逗弄她玩。她笑聲漸漸擴大範圍，清脆宏亮。

「妳是來觀光的吧？」老闆娘問。見我點頭，撥了一下瀏海，臉上的汗水，一粒粒，晶瑩剔透，看起來楚楚動人。

「妳看起來很喜歡孩子，下次常來，也許可以看著我的女兒長大喔。」

我知道這是她的熱情，絕對不是生意人的客套話。那笑容綻放得如此全心全意，沒有一絲一毫虛偽。我相信那是她的真心話。

當我這麼想的時候，並不知道，時間已擁著朋友而來，正準備回程。發動的車子開到我的身邊停下。提著大包小包購買物品的朋友準備萬全，打算在太陽下山之前北上返家。身邊吹起狂風，異常酷熱。

匆匆付錢，接過打包好的臭豆腐，我開門上車，揮手給了老闆娘最後的道別。我第一次來到南投，因而了解、熟悉。儘管從前唸地理時曾經認識。幸會了，南投。

卻也是再會了，南投。

那次旅行返家後，我的足跡沒有再踏進南投這片美麗的鄉鎮。

我常常抬頭仰望藍天，什麼也不想，聆聽蟲鳴叫著寂寞的白晝，看著聽著，彷彿又來到集集，站在攤販林立的道路旁。老闆們爭相叫賣，他們的聲音，他們的笑容，他們忙碌的汗水。面對吵雜的人群，我一語不發，很多商品在我眼前發著光，當我準備要結帳，東西開始透明化，怎樣也拿不到；一個孩子拿著音樂搖鈴向我靠過來，我伸出手，宛如重複上演的戲碼，我無法觸摸那孩子。

離開南投回到台北一年多，台灣這塊美麗的寶島在一陣天搖地動下，震碎了許多人的歡笑。媒體爭相報導九二一南投淪陷的經過。崩塌的瓦礫堆掩埋曾經繁華熱鬧的觀光景點。

那夜，我來到集集，風揚起滾滾黃沙，四周盡是斷垣殘壁，沒有攤販叫賣聲，沒有旅客嘻鬧聲。綠色隧道似乎近在咫呎，又像遠在天涯。月光映照砂石瓦礫的路面，凹凸不平、崎嶇難行。

我分不清天南地北，一心只想往思念的方向前進。我想起賣陶笛的老闆，期待我學會的那首曲子；我念著賣臭豆腐的老闆娘，和她背上的孩子……因此，我知道，不能再猶豫了。

我要循著夢境的指示飛快找到方向，趕在黎明破曉前看一看，大地發出怒吼聲音的時候，是否淹沒陶笛優美的旋律？是否埋葬嬰孩成長的嘻笑聲？

佳節，中秋

往年即使到了秋天，空氣吹拂的風仍炙熱難耐，冰品飲料店業者業績讓人羨慕。或許是鋒面影響，出門買晚餐，突然覺得晚風充滿涼意。服飾業者促銷的夏衣開始清倉拍賣，招牌上繽紛的數字顯眼。路過的人，都忍不住多看一眼，象徵無人能屈服於自己的好奇心。

中秋節匆匆而來，文旦與月餅，還有烤肉香，陪伴大家度過賞月的夜晚。

然而，現今的節日，在孩子們心中已不具意義；他們手持月餅，送進嘴裡，一邊全神貫注於電視偶像劇；還有父母負責烤肉，孩子則大快朵頤烤好的食材，大多數的，同時正在線上玩著遊戲。

我懵懂求學的童年，並不是這樣的。那時的國語課本有嫦娥奔月的故事，再配合老師課堂上補充的教材，生動活潑而浪漫。有吳剛伐木，不論如何砍伐，枝幹都能迅速恢復，伐木難以成功。嫦娥偷吃靈藥，奔月後與月兔共同守護明月。神話故事的傳奇色彩與神秘，充滿想像。中秋夜晚，我們家的孩子一定是與父母，全家人聚在一起。縱使不見得每次都會烤肉，也一定在一起吃月餅聊聊生活趣事。遠方還會飄來淡淡桂花的香氣。

現在的小學生，只需在網路上查資料，回答學習單上簡單的問題。童年的我，卻在圖書館的月亮神話中，體會嫦娥奔月寂寥的悠遠傳說，讓它在心中長久典藏。

那時候，對佳節的憧憬期待，是全心全意的。會祈禱中秋節有個月明的夜晚，不要下起滂沱大雨。如果能有許多流螢，排列山巒，便能點燃無限夢想。尚未實施周休二日，每遇到節日總能放假一天，也因此更加讓我盼望。托放假的福氣，父母會帶著我們幾個孩子，晴朗的時候，在山中外婆家乘涼賞月。抬頭看著秋風把桂花吹得搖曳，芬芳滿天，並將地上掉落的桂花撿拾在手心，愛不釋手開心的笑出聲來。

當然也有在阿姨家過中秋的印象。

阿姨家靠海，沿海地區是樸實的鄉下人家，不是打魚維生便是務農子弟。有一畝畝稻田，也有一方方豬舍，更遠一點，是夏天愛去撿貝殼觀夕落的海洋。孩子眼中遙遠的邊緣，則是連天的海。

鄉野的道路細細長長，入夜的路燈光線下，偶爾映照出一層薄霧。倘若是下雨時分沒有月色陪襯，街道會顯得冷清而寂寥。於是，在沒有月亮欣賞的夜晚，單純生活的鄉下務實人家，總是道聲晚安，提早入睡了。

今年中秋，天氣不太穩定，都是短暫的滂沱大雨。小姑送來一盒月餅與自家種植的一袋文旦。兒子在小姑告辭返家之後，看見鮮黃嫩綠的厚實文旦，熱情的詢問何時可以切開來吃。好像若干年前在阿姨家，我手中的柚子果肉吃完了，仍是意猶未盡。母親對我迫不及待還想再吃的心情束手無策，不得不再拿一顆文旦，真可稱上「歡天喜地」。

母親將文旦放在面前切開，三兩下就剝好了，空氣頓時恢復淡淡的文旦香。「切好剝好囉！」放在我手裡：「趕快吃吧！今年的文旦很甜！」弟弟妹妹一陣喧嘩：「我也要我也要。」大夥吃完文旦，在表哥表姐帶領下，一行人浩浩蕩蕩探險去了。

首先在路邊發現流螢的妹妹驚叫起來：「有鬼火！」所有的人往她指的方向看去，不約而同地捧腹大笑。

「什麼鬼火，那是螢火蟲啦！」一向在鄉下長大的表姐安慰妹妹：「別怕，螢火蟲飛過來，我會捉住牠，好好保護妳。」

漸漸走遠離開阿姨家，我看見一個稻草人在風中翩翩，而遠方海的浪潮聲若隱若現，夾雜鹹澀的海風味。「要不要去海邊？」大家怯怯地。「大人會生氣啦！」表哥說。當沒有人可以再下達指令，回家的念頭便出現了。「已經很晚了。」表哥深思熟慮以後說：「那麼，就回去吧！」所有孩子拔腿飛奔，那條細長的田埂漂浮滿滿的嘻笑聲，直到遙遠彼端出現阿姨家的燈光，大家才放慢腳步，互相取笑彼此的膽小。

走進屋子前的庭院，父母與阿姨姨丈們正泡茶聊天，瓜子花生擺滿一桌，也有應景的月餅與文旦。夜風愈吹愈涼，大人們呼喚兒女準備上床睡覺的聲音更急促了。

在佳節放假的日子到別人家小住度過我的童年，清晰的印象愈來愈模糊而感傷。功課壓力隨著年齡的累積而增加；升學的重要性取代親朋好友相聚的時刻。周休二日在我成年後實施，取代佳節所放的假日；線上遊戲中的嫦娥隨著玩家成功與否，偶爾可以不奔月。那些曾令稚幼心靈存著幻想的神話歷史故事，象徵的節日，卻以迥然不同的另一種方式，駭人的成長。縱使科技進步帶來網際網路對生活的方便性，還是遺憾著昔日回憶被現實生活連根拔起，再沒有重溫的機會。

身為中華民族，我愛自己家鄉節日的意義傳說。也許，它也隨著時代的進步，傳說從此變成一場夢。

就當它是一場夢吧！至今我仍會在晴朗的晚間抬頭眺望空氣汙染後，沒有星光的夜空，夜，依舊是神秘的。而每當我回憶童年，也不禁失落的懷疑，那一次的中秋夜，是否也適合成為一場夢。聽說，秋天不是螢火蟲飛舞的季節。

童年的玩伴，大多仍在同一個地區，各自成長，各自面對不同的人生。有的在婚姻失意中落落寡歡，有的在工作中為五斗米辛苦付出。大家見面時聊聊近況，卻只是點到為止。相敬如賓的態度將彼此拉得遙遙遠遠的。我幾乎要相信，童年的歡樂時光，確實是一場夢。否則，有誰願意把心中恐懼的想法，說給人聽，又有誰肯放下身段，替別人的安全把關。

景物依然人事已非；我想依然的景物是心底的風景。道路拓寬的工程；高樓大廈的林立，早已讓印象中的景色，以另一種樣貌呈現。

在這個晴雨不定的中秋節，凝望夜空，我發現，仍有不曾改變的，比方烤肉香氣，流動在稻草人聳立的樸實田野，如今在車水馬龍的街道飄香。比方愛玩耍的孩子，不論是與大自然同樂或線上與網友互動遊戲連線，嘴角歡笑，就象徵無窮的快樂，無聲地訴說著一個時代的變遷。

固執也是一種美麗

母親小的時候，家中茶園旁有一方小小魚池。裡面養殖著捕捉來的溪蝦、苦花、毛蟹、溪哥以及石斑和一些其它的水生魚苗。

小魚變成大魚時，左鄰右舍奔相走告感染一下喜悅。肥肥大魚沒有緣分成為餐桌佳餚，有時，鄰居們的熱情，讓牠們一夕之間紛紛不知去向，常常母親甚至得面臨魚市小交易，機會的放棄。蝦子躲不開大魚的攻擊，成為營養來源，大魚因此像相撲選手一樣，肥肥地可愛了。所幸，母親的哥哥很會捉魚捉蝦，只要去溪邊繞一圈回家，滿載而歸的漁網，總能安慰飢餓的腸胃。

炸溪蝦是深切的盼望，溪蝦的品種就是長不大，無須等待，每當從油鍋中撈起，孩子們齊聚廚房，讚嘆不已。難以言喻的歡愉，融在一家和樂之中，加深了炸溪蝦的口感。炸溪蝦的家鄉味，是母親童年漸漸走遠的鄉愁。

母親的童年是無憂的，當我聆聽這個故事的時候，她口中的孩子們皆已升格，成為人父人母了，母親的哥哥，我的舅舅，更已成為釣魚高手。我總覺得舅舅捕魚的故事像一則神話，與生俱來的天賦充滿著傳奇感。

然後，舅舅迷上釣魚場。小學時常看見煮不完的魚群，生龍活虎的悠遊在舅舅家中洗澡用的浴缸。有一次母親打包好一大袋活蹦亂跳的吳郭魚，說是舅舅當天垂釣回來的，很新鮮；雖然可以加菜，不免令人對於牠的即將死亡，感到難過。回家前我央求母親不要煮魚，既然是活的，可否就放養在水中讓牠生命延續。母親向來溫婉大方，二話不說的點頭答應。

其實當時家中的經濟已經很拮据了。常年加班的母親身體虛弱，連就醫都沒錢；父親在家中晃啊晃的，不愛工作很多年了，非常適合去電視台試鏡一個無業遊民的角色，身置其境的他一定表演得淋漓盡致相當亮眼。當電話費水費貸款以及我們幾個孩子學雜費等繳納單來臨，就是母親頭痛時間。這些單子常讓母親孤立無援、心力交瘁。

「魚在盤中便是菜」母親小時候吃的魚是舅舅從溪流中捉回的，不必花錢也能填飽肚子。當人在金錢匱乏的狀態下，接受贈與，無形中也將成為雪中送炭的一種精神。

只為增加菜色就要食言而肥地烹煮那些魚？我心中升起朦朧的憤怒。因為母親心意已決，我不敢抗議些什麼，只覺得難過。這些魚此起彼落奮力跳躍，摔在地上；摔在水槽，發出碰碰聲響。母親怎麼能？怎麼能夠下得了手？看著紅刀抽離魚身，那些魚終於不再掙扎，奄奄一息躺在沾板上。我站著，悄悄擦乾眼淚。這道香噴噴的魚很快的煮好在餐桌上，我站得遠遠地，堅持不吃，也算是抗議、無言的吶喊。

後來，班上的老師在課堂上說了一個戰火無情的故事。說是那遭遇空襲的村莊，砲聲隆隆，村民走避不及，屍橫遍野。女人在空襲結束後傷心欲絕走進殘破不堪的家園，看見身為老師的丈夫帶來許多年輕孩子。他們是接到兵單準備為國捐軀特地來道別，丈夫從前教導過，從四面八方來求藝的學生。她知道丈夫理所當然必須為他們餞行，卻又想起他們夫妻倆因為沒錢，已經好幾天喝水度日了。她眉頭深鎖：「哪來的錢餞行呢？」一個念頭讓她想起離家不遠處的醫院，血荒鬧的很嚴重。她毅然決然邁出步伐，捲起袖子販賣血液，用得到的錢換來一隻雞，餵飽這群天涯的孩子。故事說到這，老師哽咽住，不再說下去。她的心情，我卻明瞭。

戰火無情的中國，生離死別讓人心肝俱摧，當束手無策的離別到來之際，那些深深淺淺的情感，搭配物質匱乏的年代，最終也只能換得力不從心的嘆息。年輕士兵最後是否平安歸來？結局，讓人不忍探究。

戰爭時代走遠了，有些心情與感情是不變的，並固執地放在心中。這幾年，去餐館用餐，鄰桌客人吃不完的餐點被服務生扔掉在，店門口一旁沒有蓋子的回收垃圾桶，成為街道突兀的景觀。卻令我怵目驚心，因此將吃不完的食物打包回家。服務生微笑中給我帶點輕視的眼光。他們的表情我視若無睹；食物，本來就應該被珍惜。

「真是荒唐！」有人不以為然，省錢省到後來，日子過得還會有趣味嗎？

只有小時候才百般不懂生活，雖然因為貧窮本身就擁有基本節儉概念，但是成年後想省錢的地方還是越來越多。不要喝飲料；不要吃餅乾；有試用包盡量去爭取……只要是非必要的生活消耗品，能省則省，所以只要路上有人發放試用品或為了廣告發送的免費面紙，都格外覺得自己接受得很高興。其實，與生活有沒有趣味無關。忽然間，在很多年後的這一刻，我才了解，當年，母親親手結束吳郭魚生命的心情。

也許該找個機會好好向母親說聲感謝，不僅僅是為了魚，還有她三十多年來克服困境，將我們保護得周全。從身邊輪轉過去幾個春夏秋冬，不長不短的歲月，我終於在自己的省錢心情中，了解母親的心情。

有情之人必當珍惜眼前一切，對於相連的血脈，全心全意呵護，身在其中，我們平平安安、漸漸成長。方法不見得認同於所有人，卻深具保護作用，尤其是在一切都匱乏時候。

所以，這種固執也是一種，美麗在腦海的記憶。

叔公家的桂花香

桂香漫溢了，四面八方撲鼻而來，月下相逢真是浪漫，在晚風中緩緩踱步，一路嗅著香氣，雲來雲往，看著破雲而出的月亮，十分愜意。

每到夏末初秋，第一聯想到的，便是叔公家的桂花樹。

我經常夢見，桂子飄香月下閒的閒情往昔。

也許是因為相思太長，每走進夢的入口，就會流連徘徊，不忍道別。縱使，秋季已悄悄來到身邊，桂花已搖曳著，不舍晝夜。

於是現實生活或半夢半醒，不論晴月；不論風雨，將飄過鼻息的幽香，紋在心上，日以繼夜用鮮血去烘熱。

好幾次入夜後，懷著滿滿心事，看遠處袖珍型桂花樹，偶爾，螢火蟲的光影晃動，小徑有霧，天地迷濛。初秋桂香，我挽起蓄長的髮，慵懶的聆聽融在空氣中，樹影與風的對話。

我知道這樹是叔公親手種下的，心事，再添一筆愁。

曾經聽說，在嬸婆偷偷服藥墮胎後，叔公植下這棵桂花樹，秋季飄愁，當作懷念。

我經常看見他坐在門口台階上，孤獨地望著夕陽，駝著高齡八十的背，忽然不太明白，他為什麼得承受這種寂寞？

在晚年該含飴弄孫的時候，叔公是安安靜靜度過一個人的生活。聽說，當嬸婆前夫過世後，她帶著子女改嫁叔公，為了讓叔公能視自己孩子如己出，她拿掉了腹中，這一世叔公僅有的骨肉；有誰曾為叔公打抱不平，安慰，或是陪伴呢？

我想，叔公家的桂花，必然是香得落寞而惆悵了。

然而，我仍然期待秋季，踏著多愁善感而至，聆聽故事，風中嗅桂香，感動心頭鎖。是否月下聞，已不重要。

我喜歡那棵長不大的桂花樹，它總是把香氣散播在這塊土地上，恰似傳遞，這一年以來的心情；憂傷或者喜悅，彷彿只要靜靜遐想，桂花心情就能變成自己期望的狀態。

幻想如此容易呵！

桂子飄香，年年搖曳。

曾經浪漫如花香的青春，逐一流逝，卻仍多愁如星子，鑲入銀河，碎鑽光芒閃動，不分春秋。

魚戲荷蓮間

「江南可採蓮，蓮葉何田田。」然而，此刻的我不在江南，而在植物園，這是，植物園的荷田。

向來，對於蓮與荷，我總是一頭霧水搞不清楚；後來，也釋懷了，反正長得都差不多；反正都是自己所鍾愛；反正我在欣賞時會絕對遵守原則，不會摘取帶回家；反正自己不是偉人，頭腦不好、反應遲鈍是理所當然。關於自己的缺點，我總能有一套強詞奪理的說法。

植物園內的綠色水池，像一個高雅世界，初次尋訪便為我所鍾愛。陽光下，這裡沒有荷葉能托住錢幣與夢想的許願池，卻同樣是旅客們浪跡天涯選擇歇腳的拍照景點。一旁坐著將水彩調色的年輕學子，男男女女並不喧嘩，在此時，繪畫是他們唯一語言。

我想像它們在紙上一次一次層層綻放，傳奇美麗得像一則寓言，也許孤獨，繪成一幅傍晚的靜謐。然而，溫柔之筆，喚醒記憶：瀰漫夜霧的月色；午後雷聲隱隱的陣雨；獨照或合拍親友的快門。只怕，歲月擁著季節無聲地走過。於是，在水面亭亭，拼一株相思，只在一季裡將形體極力綻放，天使白、淡嫩粉，嬌媚的高雅花瓣，層疊繁複。

是這樣的想像吧？注視學子們白蓮粉荷綠葉的寫實畫，我彷彿聽見甘甜的蓮子在風中吐納的音符。蓮荷的水彩妝容，竟然也能栩栩如生。

一樣的花形，一樣的闊葉，可是，那魚呢？

「魚戲蓮葉間，魚戲蓮葉東。魚戲蓮葉西，魚戲蓮葉南，魚戲蓮葉北。」

穿梭在荷蓮花梗間色彩花紋豔麗的鯉魚，不見悠游於畫中，想來，是否被人們遺忘了？我向四周望去，目光所及之處，皆尋不到錦鯉芳蹤，確定發現一件事，寫生的人眾多，卻沒有人畫魚。

像這樣的水池，我每次拜訪總會凝視悠游在水中的魚群好久時間，遇到手邊有土司而恰巧可以餵食的水池，手中的食物變成一種引誘，往往可以讓遠遠那一端的魚傾巢而出，成群結隊夥同三兩隻烏龜向我靠近，嗅得香味而來的魚群，一片繽紛耀眼。因為餵食得理所當然，是否可以餵食反倒成了重點，不曾忽略牠的存在。

春去秋來，歲月無聲，同樣如梭。

冬季，下了一連串的雨，陰濕而寒冷，走在一座公園剛放晴的碧綠水畔，驚見告示牌：請勿釣魚、補魚、游泳，違者函送法辦。不會吧！這裡有人會補魚釣魚？正當我心中充滿疑問時，乍見告示牌不遠處，一位老翁正神色自若地垂釣。告示牌上雖是警告，仍是有人不願意遵守配合。我的嘆息就像被風吹落的枯葉，翻滾不休在地面上，惆悵而落寞了。

後來，我在其它的畫展中看見錦鯉魚，我聚精會神、目不轉睛，企圖將牠們的快樂悠游，天長地久地複製在記憶中。就怕魚兒，在水中游動自己的身軀，游在自己的世界，游著，游著，便消失了。

會不會有一天，水中的魚因為面臨滅絕而變成保育類？不知道呢！在生命中，因為人們面臨滅絕的，並非只有魚吧！

貪婪如此震撼呵！

最初迷戀蓮荷的動人，連穿梭其中的魚群也一併愛上。也許來年夏季，水池生機將蓬勃發展，到時候植物園水池畔是否，將容納更多更繽紛的夢想？

在雨中

其實，大多數雨絲紛飛的午後，山中的空氣會停留在盼望中，一種，不著邊際的霧氣。

不論身邊有沒有攜帶雨具，說不清這種心情，但是我，就是喜歡在雨中載歌載舞，蜿蜒直上，一邊是山壁，歌聲在深翠蒼鬱細竹深處迴盪。而另一邊是可遠眺風景的好視野。不過就是霧裡看花，在不著邊際中，浪漫得像踩著夢土前進。

曾有多少這樣的日子，我的人生，被薄淡雨霧籠罩，增添幾縷滄桑柔美寫照。這詩情，原是多少風雅人士筆下，相思的寄語，卻在我不懂珍惜下虛度了。

山區許多動物在雨後會出來活動覓食，成為熱鬧的競技場。無數個從前的尋常日子，我披垂蓄長的髮，執柄遮雨荷葉，吟著「少年聽雨歌樓上，紅燭昏羅帳……」路旁的蝴蝶飛舞，彷彿察覺我少女情懷般多愁善感，給予最熱情的回應。

蝴蝶飛著，我忍不住跳躍，時時停下腳步，側立回眸，純稚地笑。我印象完全深刻，雖是多年前，感覺並不太遙遠，因為現在的我，還保有當年的心情，細細回想，因為春天百花開；因為夏季山風涼；因為秋天楓葉美；因為冬季露凝霜。因為……因為……因為年輕的時候，我走過四季的山。

我喜歡回憶，回憶總是美好的，哪怕現在的我「而今聽雨僧廬下，鬢已星星也。」我還是希望更多美好的事物，在有限的空間展開。

至於我對山的眷戀想念，依舊日復一日，悄悄加深。如山，於澄淨雨水，洗滌大地之後，霧色朦朧了輪廓，涼風，寂靜，一種絕美的風景，化為自然界的養份前，可攝人心魄，讓人嘆為觀止。

涼爽的鳳梨

母親有一位販賣水果的朋友，最近陸陸續續送了幾顆鳳梨給母親，在夏季炙熱的氣候裡，不論是榨成果汁當清涼飲品或是切成塊狀放進冷藏，冰過後口感更佳，當鳳梨點心也不錯。「是很不錯啦。」在電話那一頭的母親說：「可是我有胃潰瘍，不能吃『鋒利』無比的鳳梨，怕腸胃禁不住，疼痛又要上身了。」母親的話我了解，因為喜歡吃鳳梨的我，經常吃到舌頭破皮流血，口腔經常會因此持續痠痛好幾天。

我沒有胃疾，卻也必須對抗疼痛，因為喜歡吃鳳梨，我對這種痛可以感同身受。所以比起現剖鳳梨，我更愛加工過後的鳳梨罐頭。雖然明白罐頭吃多了有礙健康，但，就是抵擋不住它的美味，加工過後的鳳梨確實比較可口，也比較不傷舌頭，在炎熱的夏季午後從冰箱取出，放進口中，周遭流動的焚風彷彿瞬間都冷卻了。

我記得小時候，曾看見外公種植的整排鳳梨樹，每當成熟的日子來臨，外公就會打電話約母親回山中娘家，在夕陽下摘採。外公種植的水果並不是只有鳳梨，他種植的水果種類與數量都多得驚人，自己卻沒有胃口吃太多，親朋好友與鄰居因此理所當然的來分享，共同進入香甜的水果世界。這些事我還清楚記得，當外公種植的鳳梨、香蕉或是木瓜，上了桌，便象徵小小聚會，老的少的坐在一起，將水果咀嚼在嘴裡，化開的香甜融在大家圍繞在一起的悠閒時光中。這時候，不論外頭是滂沱大雨，還是優雅月色，我都有了沉浸在幸福中的光暈。

山中的夜晚很懷舊，我至今仍若有似無地記憶起，外婆與母親在夏日裡自製鳳梨水果冰的酸甜氣味。冰棒廣告剛剛進入家庭電視的三十年前，台灣多數仍是處於古法刨冰的時代。由於沒有器皿與製冰機，母親會走一小段山路到一處有販賣碎冰塊的商店購買。四、五歲的我圍繞在母親身邊，看著母親將砂糖灑在鳳梨上醃一下，再放入碎冰塊中攪拌，吃一口，嗯！冰涼消暑得說不出話來。吃鳳梨冰，真可稱得上是童年慶典般的一樁盛事了。

和母親電話聯絡的那天，她強調鳳梨罐頭碰不得，那是「加工」商品，誰知道裡面添加多少色素與防腐劑？「我喜歡的是鳳梨，不是罐頭。」我當時是這麼說的。等到晚間去逛大賣場時，各式各樣鳳梨罐頭占滿消費動機，不得不承認，對於自己的口慾，終究還是難以割捨。

水餃在游泳

我打開冰箱，拿出一包手工水餃，爐火上的鍋子把水煮開了，沸騰滾水，浪潮洶湧，發出極有規律的聲音。同時，我手中的辣椒不慎滑落，紅色椒皮似魚般泅游。這是我在早晨中打算準備早餐的一幕，然而這一幕卻有似曾相識之感，我想起從前在叔公家旁的桃花樹下野餐，雨後放晴的山中空氣清新，大人用攜帶型瓦斯烹煮，水餃於是下了鍋，在鍋內激烈滾動，一顆顆結實圓潤的餃子逐漸浮出水面，滾動翻騰的顏色愈來愈紅，原來是一陣風吹來，花舞滿天，桃花花瓣幾朵降臨，教水面染紅了幾分。母親拿出免洗筷，夾出花瓣；夾出水餃，一顆接一顆……

那是成長過程中曾有的風景，來自學生時代假日的雨季。春天的梅雨綿綿，打亂父母親想出遊的雅興，於是父親開車來到山中，在叔公家旁的外公家避雨等待天晴。聽著雨聲，幾個孩子互相陪伴，看著母親包水餃。這靈活的技巧是母親認識父親前，還是浪漫情懷的少女時，外婆教導她的其中一項廚藝。她就這麼銘記在心，與水果冰獨家製法一起，從老家帶到台北，有這麼一雙巧手，不管天涯海角，都能安撫味蕾。直到她結了婚，成為母親，這代代相傳的水餃佳餚呈現在餐桌上。我沒有傳承到母親的廚藝，連水餃也包不好，於是無數個春天雨季中的饗宴成為對水餃的一種印象。

小時候吃的水餃都是在母親巧手下完成的，營養又衛生。梅雨來襲的季節，看著冒白煙的滑溜水餃，連夾起的技巧也沒有，我懷疑吃水餃不能用不鏽鋼材質，才能一顆接一顆的吃吧。那時候，只要家中缺乏生活費，母親就會買絞肉，也許搭配高麗菜；也許搭配韭菜，只要將包好的水餃放進透明塑膠袋密封好丟入冷凍，往往可以延長保鮮期。上了中學之後，我會幫忙烹煮，觀看沸騰的水滾動水餃，這些水餃浮浮沉沉，在水面輪番上陣，彷彿水餃在游泳。有些人在忙碌的生活下會講究簡單的煮法，水餃的地位因此屹立不搖，品牌口味推陳出新。近日來我吃著玉米水餃，於七八月大台北都市黃昏的窗邊，竟然還能嗅到稻草人的氣味。偶爾夢裡會站在夕陽下，看著佇立在玉米田不動聲色的稻草人，我相信是因為水餃中玉米味道的純粹，啟發我的想像力。

十八歲我與國中同學相約，在某個同學家包水餃。我的同學相當信任只有烹煮水餃經驗的我，將包水餃的重責大任託付於我，我以全力以赴的動作代表接受這項使命。沸騰過後撈起的水餃，大家都在皮開肉綻中搜尋肉塊。我的手並不靈巧，下了鍋後水餃們紛紛皮肉分離，飢腸轆轆的同學不願意只吃皮，費了一番功夫也只能找回一點點碎肉，多數的因為體型過小都溶在水中，撈不起了。我知道自己的問題，倒也更願意相信自己其實擁有某種程度的天分，可惜不管嘗試多少次，水餃都在下鍋後不由自主的離別。同學用泡麵說服我接受事實，他們說如果我再堅持包水餃給他們吃，他們就只能挑戰減肥的極限了。

我的妹妹會定期與我相約一同檢查視力，眼科旁有一家水餃連鎖店，鮮甜不膩的口感深受大家喜愛。每當走出眼科診所，便會停留在那家店門口，順道點幾份水餃回家當全家人的晚餐。我喜歡在嘴裡放進熱騰騰的水餃。我的孩子們總是一吹再吹，要吃水餃得等到溫度降低，我是那種不喜歡吃冷卻食物的人，在不定時的食用之前都得加溫。我像一個火爐，喜歡溫暖的溫度；回憶、歡笑，只要放在心中用體溫加熱，彷彿便能讓想念抵達滿足的終點。

以往走在大街小巷，飢餓時都會選擇在路邊攤點碗便宜的陽春麵敷衍我的腸胃，現在則以水餃來裹腹，醮一醮大蒜醬油，敢吃辛辣的人，不妨加上辣椒。也許這光環永不退色的食物，也是離鄉背景游子們的鄉愁呢！

性感女人香

走過山徑小路，一旁的瀑布流水淙淙，噴激著山中潮潤的空氣，聽說這是芬多精，聞多了有益身體健康。因為涼爽宜人，因為空氣清新，不必喝提神飲料也能讓人精神煥發。我喜歡穿梭在有瀑布旁的竹林間，大口大口地嗅著這大自然的產物，快樂的像個振翅欲飛的精靈。後來，市面上開始出現以芬多精為成份的商品，從沐浴乳、洗衣精到驅蚊香，產品五花八門，當然顧名思義，更多芬多精是直接製成精油或香水。

小學低年級曾經認識一位交情不遠不近的女同學，領著我來到她家複習功課，才剛一進門便聞到地板散發著濃郁而不刺鼻的花朵香。女同學說她的母親習慣在家中噴灑香水，尤其是在打掃過後。我彷彿蛻變為一尾蝶，飛進一個春天，來到百花盛開的山坡上，只因為邂逅芬芳的愉悅是熱情的。熱情的乘風，熱情的飛舞，飛舞成一個日落。而我與女同學的友誼，正是傍晚的寫照，是一輪將飛墜海中的紅日。我後來搬家到另一個陌生城市求學，與她從此斷了音訊。

那種花朵香的味道，很多精品店或百貨行都找得到類似的，因為不知道品牌與成份，不見得能夠百分之百相同，可是這對我並不重要，只要它不刺鼻，依然保有春天的氣息，我想，我一定會購買。

這想法很快就面臨挑戰。

公司在香水季時舉辦促銷活動，相當優惠的價格更吸引我的注意。「好便宜啊！」我在滿架子色彩繽紛的香水前面停下，雀躍的驚呼。好多種類的香氛，不同造型又充滿藝術的瓶身，色彩亮麗鮮豔。即使香水用完，也可以保留瓶身，像炫耀戰利品般，在朋友面前展示我琳瑯滿目的香水瓶。我買了好幾瓶特價品回家，在夕陽透進來的窗邊，將它們一字排開：蘋果綠、稻穗黃、神秘紫、狂野紅……像彩色音符一樣，我拿起咖啡攪拌匙反覆敲打，輕輕吟唱，猶如一位指揮家號令全場，規律地演奏節拍與曲調，雄壯威武又不失優雅。

這時候，不管香水有沒有春天的氣息，或是百花盛開的芬芳，我都不在乎，已然變成了「移情別戀的叛徒」。沒人知道我完全放棄化為蝶飛入春天的幻想，最初的動機竟然只是因為價格。

當我打掃完家中的環境，拖過地之後，我喜歡在客廳房間內外噴灑上一層淡淡香水，再從抽屜拿出一本筆記，搭配一杯薰衣草奶茶，坐在陽光大片灑落在地板的客廳，寫下自己的心情。我一直認為是香水改變了我，使我飛揚的年少，比較不跋扈。

從香水瓶中噴發而出的液體，很快便消失在空氣中，只留下香氣。溫婉柔和擁有森林海洋的香味，我稱它是大自然的禮讚；濃烈刺鼻罔若男女關係的香氣，就是一種銷魂了。偏偏這香味適合性感的女人，我總覺得只要女人將這種味道灑在身上，便可以增添魅力，銷魂的氣味更是一種強調，讓女人更能彰顯出女人味。有一天和朋友小鄧相約在台北街頭見面，我盛裝打扮出席，身上散發濃烈的「女人味」。小鄧蹙著眉：「好刺鼻啊！頭都昏了，為什麼要把自己弄得像狐狸？」那一刻，我忽然領悟，這種「性感女人香」的味道並不是每個人都能認同，適得其反的時候，它就會變成為惡夢般的狐臭了。

風景好動人

下過雨的海洋，浪潮奔騰洶湧，宵夜時坐在海風吹進來的窗邊喝咖啡。放晴後的天空很靜謐，掛著一輪皎潔的月，明亮的光芒倒映在漆黑如鏡的海面上。所以很年輕的時候，我就迷上風景攝影，但是，其實我拍不出好看的照片，與人相約一同出遊的日子，總是站在大海前，用天空佈置晚霞的色澤當背景，讓同行友人按下快門，看著閃光燈小小的光點，以拋物線撒網姿態向我擴大而來，捕捉我微笑的瞬間，也捕捉遠方點點的歸帆。

我喜歡雨季，喜歡走在雨中浪漫的感覺，尤其是在雨中觀海，看著壯觀的滾滾浪花捲起千堆雪。矛盾的是，我很害怕一頭烏黑髮絲，在日新月異之下逐漸脫落，長不出來，成為「青春尚在頭已禿」的女人。中學時在課堂上學到氣候，臭氧層破壞導致酸雨「不撐傘走在雨中或許很浪漫，」老師在講台上笑了笑，接著說：「但是要先做好禿頭的心理準備喔！」我曾在路上看見中年男子，頭頂的部分沒有毛髮，那時候生髮水的廣告，也多數以男性為主，因為男性禿頭的機率，遠遠比女性要來得高。我看過自己禿頭的樣子，儘管那是一場夢，卻叫人束手無策的害怕。我不喜歡淋雨了，如果走在路上忽然下起雨來，我會撐傘漫步雨中，或是找家咖啡廳避雨，坐在無人的窗邊，一邊喝咖啡，一邊欣賞雨中的街頭。

大台北在雨中會有薄霧的夢幻，那種霧氣很輕盈，像從明信片裡走出來的風景，不屬於高山上的濃霧，所以縱使流動在高樓大廈間，都市人也往往視而不見。高山上的濃霧很美麗，卻也很危險，駕車的人必須開頭燈，然而開頭燈有時候是不夠的，駕車的人一定要有判斷方向感的智慧以及排除萬難的勇氣，否則開著開著，直接抵達天堂將會粉碎多少親朋好友的心？！我覺得美麗本身就是一種危險，就像在颱風天裡忽然將人捲入海中的浪潮。

少女時代求學的那幾年，我迷戀信紙，我想，也並不是真的迷戀信紙，而是每份信套裡彩色印製的圖案。一面是圖，一面是可以書寫的格式，而我鍾情大自然。也許這種心態或多或少是想彌補自己天生沒有攝影功夫的缺憾吧。卡通圖案的海景山景也很可愛，只是還在就讀國中的我沒有購買的多餘現金，只能在書局、文具行待著，愛不釋手地一套接一套輪流碰觸，老闆都被我弄迷糊了，不知道從哪裡冒出來的女學生，每天都來報到，每次都不購買，真是厚臉皮。直到高中我開始了半工半讀的生涯，那些偷走我相思的信套才陸陸續續的住進我房間。

網際網路出現後，我可以在陽光透進窗戶的房間內看雨景，不只是雨，也可以看海。朋友E-MAIL來許多景色的網路相簿或網址，偶爾也有她們自己拍攝的。柏油路如鏡的櫻花雨；捧著淚水般的荷葉；楓葉樹下撐傘的戀人；毛質衣料包覆全身的旅客站在雨水飛墜濕漉漉的碼頭等待。風景在我按滑鼠的指尖，迅速連同四季，一併流轉過去了。

初次走在淡水的漁人碼頭，我沒有朋友認為的陌生感覺，我的雙眼能看見遼闊的海洋，那便是種熟悉了。我看見遠方的夕陽漸漸靠近染成金黃色的海平面，那擁有著一畝農田的稻穗色澤，就快要合為一體了，身邊的旅人在這節骨眼卻一一離去，實在不明白怎會選在此時返家，在這樣的夕陽中。我選擇留下繼續欣賞海洋，我知道月色等一下會來交接，星星閃爍也是重頭戲，只是很好奇，到時候的天空，會在風中點亮多麼璀璨的光芒？

他們的背影是一樣，常常，我覺得很惆悵。

漸行漸遠的雙腳，像沒有負擔，消失在彼端。影子是被沾墨的毛筆塗鴉在地上，沒有喜怒哀樂的表情……長長的或是短短的，光線永遠是主宰者。大多數的時候，他們的影子會因我築一個夢而走進來，像皮影戲一樣，演在我架構的虛擬世界。我喜歡遠遠地走在人後，尤其是在春天的陽明山，看前面的人走過落滿杜鵑花的晴天公園，他們彷彿是我的朋友，因為我的幻想而賦予他們影子生命，影子瞬間全都活起來了，等待我的發號施令。

這應該與我十幾歲的蒐集有關，那時候流行書卡，上面寫著勵志小語，寫給同學的信或卡片甚至畢業冊，都派得上用場。我喜歡席慕蓉的詩；我蒐集的書卡都印有她筆下的情詩。那年剛好是書卡開始被淘汰的年份，我在書局、文具行購買落空的過程中飽受沮喪。某一晚姊姊從高中校園返家，拿出當天廠商來學校推銷的書卡，因為便宜，她買了幾種，每種皆有兩張，不但買自己的那一份，也買了我這一份。看見睽違的書卡，幾乎喜極而泣。彩色素描的背景是傍晚系列。我屏息的看著，好久回不了神，就像是看著一段分秒必爭的青春。

彩筆用素描物體揚起的高低來詮釋風吹拂的大小與方向，書卡上的人物角色全是黑色的剪影。從那以後，我便覺得傍晚是大力士，注定要與每一個今日拔河，當然，傍晚是必然的贏家。在每一盞黑夜降臨返家的路燈下，我的影子在我腳下與我相連，很有規律地延伸，不是擴大便是縮小；不是左右便是前後。每種物體其實都有影子，只是人的背影連繫著情感，我總覺得，走在我前方的影子，一直無聲無息地傳遞離別而來，使我滿心惆悵。

我曾和母親與她的夫妻檔友人一起去山中垂釣，直到夕陽漸漸西下，母親掛念從學校返家歸來的弟弟妹妹，在家中無人照料，堅持要父親開車帶著她先行離去，她的友人卻打算留下。幾次溝通沒有共識之下，我出面表達意見，表示自己決定替父母親留下，當天夜間部的課程，大不了請假就是了，如此一來可以繼續陪伴父母的夫妻友人，二來減輕了父母早退的愧疚。我注意到父母是往夕陽的方向前進，也注意到自己的心情跟隨他們漸行漸遠的腳步而逐漸沉重。看著他們的背影時我就明白，無論自己歲數多大都贏不了這一種情感的考驗；我終究捨不得與人說再見，哪怕是短暫的分離。

這惆悵的心情在日新月異中沒有改變，只是被我用了另一種方式看待：前方的背影不會離開，在我幻想中，他們永遠都在我的前方走動，走進我精心策劃的劇情，也許無可避免會從這雙腳變成那雙腳，我可以面對這種變化，畢竟路人來來往往。我不願意接受離別的感傷，縱使走在前方的，是一個素不相識的陌生人。我當然也為自己的影子找到了扮演的角色，只是，還是有那麼點說不清的孤單感受。我想，是因為我還沒準備好與人說再見，告別一雙正在離開的足跡。

淚水存錢筒

八月底是學生族群收心的最後階段，許多在暑假養成的習慣，晚睡啦！中午才起床啦！等等，通通得在這個階段將作息調整回來。帶孩子去文具行添購開學前該準備的基本用品也成了這個階段許多父母必做的事情。我也有自己的打算，一一清點好家中的文具存貨之後，拿著列出缺乏的用品名單，利用陽光短暫露臉的時間，快步向文具行前進。

文具店大多是一整排一整排的規劃，例如一整排各式各樣的彩色筆；一整排獨立的或成雙的對杯。走在擁擠狹小的空間內，倒也覺得這家店麻雀雖小五臟俱全，該有的文具類等周邊商品，在規劃下，全都擺放得井然有序。然後，我停下腳步了，佇立在一整排陶瓷材質的撲滿前，我停著，記憶卻開始倒流，走在小一的初秋，走在那一條飄滿桂花香的山路小徑。

剛上小學，在沒有周休二日的當時，周六必須上半天課。老師認為小小年紀的我們不宜有太多功課壓力，為了讓我們度過一個輕鬆的周末，因此宣布周六可以帶玩具到校與同學們一同遊戲玩樂。我注意到班上那個最美麗的女生，她每次都帶很多的芭比娃娃，坐在許多女孩圍繞的位置和大家一起玩，我是她邀請的玩伴之一。看著那些精緻美麗的娃娃，在我們的手中握著操弄著，演出悲歡離合的故事。小時後我會有這樣的願望。我看過那個美麗的女生從玩具箱取出娃娃，一個接一個併排的，連收玩具，也是輕巧溫柔的放置。我覺得只要是女孩子便應該要玩芭比娃娃，這種精緻袖珍型的娃娃，就像一個訓練師，讓心浮氣躁的個性，便得溫柔而有耐心；讓女生，變得更像女生。可是家中沒有購買芭比娃娃的經濟預算條件，父母便從山中，那一片在風中低吟的竹林裡，帶回一串長長的竹筒，替我們這些兄弟姊妹們，作了存錢筒，讓我們自己存錢購買想要的東西。

我還記得竹林旁有幾棵小小的桂花樹，每次經過竹林，總要走過那條種植桂花樹的山路。那次也不例外，我跟在父母的背後，走出竹林，走在秋天桂花綻放笑容的氛圍中，連同竹筒一併帶回了幽幽的桂花香。我沒有零用錢，只得在酷熱的課堂或飄雨的夜晚複習功課，努力考取一百分；努力訓練自己的口才好讓自己站上講台，說故事給全班同學聽；低年級組國語文競賽來臨，老師從優秀學生中篩選，我努力脫穎而出，順利取得參賽資格。每一次的光榮事蹟都能替我贏得十元的獎勵，就這樣在日積月累之下，存錢筒變重了，裡面裝著硬幣，還有我力爭上游的心情。我好開心，等待竹筒內的錢幣重見光明的那一天。

有一天我放學回家，赫然發現存錢筒被一刀兩斷，裡面的銅板不翼而飛，母親向我走來微笑解釋，眼神中有千言萬語，如果沒看錯，裡面還有些為難與愧疚。母親說我的存錢筒被打開了，連同姊姊、弟弟與妹妹們的，全部裝在一起合為一體。家裡需要用錢，那些沉甸甸的硬幣，足夠生活好一陣子，爸爸，已經有好幾天沒有出門賺錢了。

爸爸不肯工作賺錢，其實我一直都知道，所以購買芭比娃娃的心願，我在小學一年級時就明白，必須靠自己的力量去擁有，所以我做什麼事都很努力，只為順利得到一枚硬幣，我以為可以成功。這段存錢的過程很辛苦，但想起我芭比娃娃的夢想，所有的辛苦也都甘之如飴，直到蠻橫的父親出現占為己有，使我終於認清事實。我熱淚盈眶地看著一刀兩斷的竹筒，久久回不了神，就像看著一個滿載著芭比娃娃的夢想，在眼前殘忍的被開膛破肚。

從那以後，我再也不喜歡存錢筒，覺得裡面儲存的，彷彿是我童年的眼淚，看著教人多難過。也從那個時候起，才明白自己與手足們皆遺傳了母親一部分的雅量。我們這些孩子和母親一樣，原來，都擅長被父親欺壓。

小時候山中那片竹林，現在還會在風中唱歌嗎？今年秋天是否依然伴著桂花香，惆悵地站在夕陽下？小時候渴望組織一個芭比娃娃家庭的夢想，是落空了，但我學會在相夫教子的日子中，找到安定的幸福。

晚霞色沙灘

走在退潮的沙灘，母親抱怨著環境汙染，讓許多原本能食用的貝殼螺類現在都不能吃了。她打開野生牡蠣殼，挖出海藻色的牡蠣，這顆牡蠣在空氣中散發著怪怪的味道，可是，它是新鮮的，所有新鮮的海鮮不是都應該保有海洋的清新味嗎？我站在一旁冷靜看著，說不出一句話，這片海洋生態正以不可思議的顏色味道，宣告汙染的嚴重性，那麼，尚未汙染的從前，這片海洋是什麼樣貌呢？這附近的工廠，為什麼要讓工業廢水流入海洋？母親有些感嘆，束手無策重複地喃喃自語。

我想起小時候走在日落浪潮退去的岩石中搜尋小魚小蝦小螃蟹，常常什麼都沒抓到，母親已經在阿姨指導下，帶回滿滿地現剖牡蠣。母親興高采烈的告訴我，今晚，她要煮一桌牡蠣全餐，不管是加薑絲煮成湯還是青蔥爆蒜頭來一道快炒牡蠣，都是鮮甜的好吃佳餚。我努力點頭，因為那個時候，我不喜歡吃牡蠣，只嚮往走在夕陽下，讓忙碌上岸的浪潮，一波波地撫平我在沙灘上踩過的足跡。然而我也清楚明白，她是要先拾來一些可以不花錢的牡蠣，才能讓今晚晚餐有了著落。從前，這條晚霞色的海岸線，是增加菜色的一個象徵。

母親捧高手中器皿，讓我看看裡面肥肥的牡蠣。海洋旁是農村，採蚵農婦對大海充滿熱情洋溢，經常母親要打道回府，她們還不願離去，夕陽剪下她們的身影，複製在我的記憶中。

偶爾會留意寄居蟹，牠們彷彿有笨重的夢想，背著殼，看起來卻那麼快樂，一點也不辛苦似地快步徜徉於沙灘岩石間。人類在此不足以威脅，好像牠就是王，走過的地方便是自己的領土。寄居蟹啟迪了我，即使是千辛萬苦，也不見得充滿絕望。

我曾在電視節目中認識香山濕地，那一片生態豐富不受汙染的沙灘吸引許多遊客前往拜訪。我喜歡觀賞這種介紹大自然生態的節目，可以透過鏡頭認識更多，我或許聽都沒聽過的動物種類。大海，比自己想像中還要更神秘，孕育的海鮮也不勝枚舉地超出我想像。來到海港當觀光客，不但可以欣賞海景，也可以品嘗海鮮。如果能憑一己之力，自己去尋覓捕捉，樂在其中，也可稱得上是不虛此行了。因此我覺得來到海邊旅遊，是一舉兩得的划算之事。

我小時候走過的沙灘，生態物種雖不及香山濕地來得熱鬧，卻是回味無窮。只是工商業發達為海洋帶來浩劫，從前晚霞色的沙灘，到處可見採蚵農婦，現在則是冷冷清清，連醞釀歡樂的寄居蟹都杳不可尋，只有那海浪依然在風中不變地，永恆的呢喃。

璀璨，點燃希望

開始上小學的我，每一年的元宵節前夕，老師都會在美勞課發下製作燈籠的教材。因為是玻璃紙，只要透著光或是遇到巧手的同學在內部放燈泡，便能夠繽紛起來。我沒有高超技術，作好的燈籠不會發光，但是完成的感覺給了我相當的虛榮感，我把打完分數的燈籠帶回家去向弟弟妹妹們炫耀一番，這打完成績的美勞用不到了，我無後顧之憂繼續事倍功半地，練習放燈泡，拼命讓製作的燈籠發亮。有時夢中見到自己提著終於製作成功的燈籠，光芒璀璨地亮在黑夜，整個人煥發著無與倫比的快樂。

有一年多雲多陣雨的元宵，母親帶領我們幾個孩子走在街頭巷尾擺滿燈籠的商店街。我因為做不出來，格外想要一把可以點燃燈泡的燈籠，母親問了問價錢，買了一把最便宜的，囑咐我們不能吵架要和平相處輪流把玩。那是一把塑膠材質動物造型，放電池便可以藉由開關點燃燈泡的燈籠，因為新鮮感，大家都愛不釋手，爽朗的笑出迴盪在夜空的音符。那也是我記憶中，母親花錢購買的第一把燈籠，點燃在陣雨夜霧中。

母親說小時候她不曾買過燈籠，她山中的娘家，螢火蟲總是成群結隊的來拜訪。在沒有環境汙染的從前，季節一到，螢火蟲可是多得不勝枚舉，這也是母親不在乎有沒有燈籠可提的理由，畢竟她看慣了發光發亮的東西。我想起從前在外婆家沐浴的窗邊，見到瑩瑩燦亮的草叢，偶爾風吹拂過，連草浪的聲音都覺得悅耳，充滿想像。螢火蟲，是母親小時候的燈籠。

後來，母親購買那把塑膠材質的燈籠壞了，碎裂在幼小妹妹的手中，弟弟和妹妹都捨不得的哭了，只有燈泡完好如初地照耀。我看著燈籠，並不覺得感傷，彷彿燈籠的是否存在，與我一點關係也沒有。很多年後才發現，也許我從來沒有喜歡過燈籠，我喜歡的是燈泡在漆黑中亮起的時候；我喜歡的是提著光彩奪目耀眼燈籠的自己，倒也不是喜歡自己，但是，我喜歡光芒，覺得光芒照亮的前方，充滿希望。

春季的夜晚很有冬天味，貓空的茶香漫溢芬芳，商家的燈火在山巒流瀉，燦爛在夜的邊緣。我和幾位朋友約定好一同去品茗，我們登上高山，在月光下聊天。朋友泡茶的雙手很忙碌，升起的白煙緩緩帶來茶香，一旁不絕於耳的蟲鳴蛙啼，將夜晚的恬靜氣息，播送在空氣中。然而，在我眼中看來，最具魅力的，是那蜿蜒蔓延的燈火，襯托夜景的神秘浪漫。面對朋友們的談笑風生，我始終安靜無聲，一方面被遠方蔓延的燈火感動而陶醉，一方面不希望自己的一舉一動，成為同行中一位暗戀我的男孩，眼中的焦點。

當101景觀台開放時，妹妹買了門票去享受居高臨下的震撼壯觀，她信誓旦旦保證，去一次便不枉此生，她因此去過很多次。我笑她有點誇張。「才不會，妳都不知道站在一般達不到的高樓層眺望，有多棒。」她還說每個季節每個不同時段，白天黑夜或者是晴天雨天，風景總時時刻刻千變萬化著，視野各不相同存在天地間。我問她哪一種最美，她回答不出猶豫著：「大家審美觀點不同，妳自己去心領神會啦。」雖然她無法很肯定的說出最美麗的時段，我猜想應該依然是夜晚。當繁華都市紛紛一盞盞的燈火點燃，日落後的夜晚重現光明，彷彿也象徵著，人們無窮地、永不熄滅的希望。

烤的炸的總很香

小時候的老家，是磨石子地板的二層西式小樓，房舍相連併排在一起，所以與鄰居之間的距離近得不可思議，但也因為這種距離，讓夜晚每戶人家門口燃起老舊昏黃燈泡時，一整排的光芒會壯觀震撼在我的小小心靈中。我也看過重視禮節的人家，大紅燈籠高高掛起的門口。小時候的我不懂事，總是指著燈籠問母親：「為什麼他們家掛紅燈籠，我們家掛肥香腸？」母親的表情像燈籠，由白轉紅然後，更紅了：「等妳長大就知道啦。」母親這樣回答。

有個朋友送了祖母一串香腸，是自家醃製，裝在精美的盒子裡，高貴典雅的包裝，使盒子本身看起來像是裝香腸以外的任何貴重物品。祖母將盒子當成寶貝小心翼翼地收藏著，那串香腸則被像燈籠般地高高掛在門口，照三餐加宵夜地點名。這才知道，簡約慣了的祖母，對香腸難分難捨，所以總高掛在門口。那時候祖母掌握家中經濟大權，菜色常由她決定。她不許家人去動高掛的那些香腸，早上中午晚上甚至消夜，只要用餐吉時一到，她便將香腸取下，一條一條的數著，專注地像一個深怕學生缺席正點著名的老師。有一天下午，祖母依依不捨抱擁那串香腸，香腸已經開始發霉，白色的黴菌以超乎想像的速度擴大範圍占領了香腸。祖母不得不割捨了，大火讓油鍋爆響得急促，節儉成癡的祖母擔心香腸會乏人問津，著急的動機使得她將全數的香腸陸陸續續往鍋中扔去，並加了蔥薑蒜。變質的香腸像倒嗓的歌手，在油鍋內發出五音不全的滋滋聲。我還記得煮好的香腸冒著繽紛的泡沫，美麗得很藝術，不知道會不會有人以為那是觀賞用的家具裝飾品，畢竟，它看起來不太像是人吃的。神奇的是，安穩平躺在盤子內的香腸，在大家保護自己的腸胃不願意動筷子下，仍是慢慢減少了。祖母為了讓自己有台階下，咬著牙吃到底。我懷疑祖母的腸胃，一定異於常人，否則，吃下那些香腸，怎麼會沒事？一般人，早送急診了吧！而那個小插曲之後，每當家中有了香腸這種食物，祖母就會縮短點閱日數，直到家中買來新冰箱，香腸住進冰箱之後，祖母才又展開長期的點閱之禮。

其實，我在很小的時候，就很喜歡香腸的味道了。漸漸長大，少女時代同學端出親手油炸好的香腸，晶亮熟透，我也曾經心動過，卻被焦黑香腸帶來的挫折，減少了一些熱情。我在鍋中倒了油，熱鍋後再放入香腸，這些步驟沒有問題，可是，滾燙的油就是會亂噴，我站在左邊，它往左邊噴來，我轉了方向站到右邊，它便往右邊噴去。不偏不倚的方向感，彷彿與我有著密不可分的心靈相通。每次炸香腸，我都得像跳恰恰，手舞足蹈地躲避熱油的攻擊。姑且不論是否成功躲過油吻，油鍋內的香腸也像老愛與我作對一般，每次撈起黑漆漆的香腸，弟弟妹妹就會問我：「這香腸的肉質很特別，是木炭製的嗎？」這心靈創傷很慘痛，只好把油炸熱情轉至燒烤。

小時候看見烤香腸的攤販，就會很留意他們臉上的表情。攤位上會擺放骰子，只要看他們是否笑容可掬便能揣測，今天，他們有沒有賺頭。我曾經質疑過他們與骰子的關係，質疑賭香腸這個詞彙背後的含意，想太多的時候就會莫名擔憂，他們，會不會家破人亡？「才不會呢……」母親糾正我的想法：「他們都只是小玩，當作休閒，排遣無聊的時間。」這說法我願意相信，也相信絕大部分的老闆不喜歡擲骰子，因為他們給我的快樂感覺，是只有腳踏實地的人才能擁有，臉上那一種發自內心的笑容。所以我一直想像與他們一樣，在烤香腸當中尋找愉悅感覺。既然，油炸香腸讓我頻頻受挫，那麼就讓我心領神會一下燒烤的魅力吧！

燒烤就是另一種挑戰了，火侯大小決定食物的美觀與味覺。好吧！這又是一種嚴酷的考驗。我常常因為火苗點不燃而無法升火，情急之下乾脆拿報紙助燃，火勢一發不可收拾的興旺了，香腸在手忙腳亂轉動翻面下一一騰空飛去，燙碎了不少視我為偶像，支持我的弟弟妹妹的心。然後有一天，宗教信仰讓我少了食用香腸的念頭，我也發覺火烤蔬菜的鮮甜度吃起來很清爽，於是，蒜味的、原味的、高粱酒等……的香腸都被我逐一自烤架上淘汰。既然淘汰了就不可能像小攤販的老闆那樣怡然自得地沉醉在烤香腸的愉悅中，或是手藝好到呼朋引伴招喚客人前來購買，當然也沒有擺放骰子。

今年中秋，在車水馬龍的大台北都市住家窗邊，絡繹不絕的烤肉香氣四處流動。氣象局說好會下雨的日子到底放了晴，倒是全家真的沒有聚在一起烤肉，因為先生加班的緣故。孩子期待烤肉，卻不期待香腸，小時候我對香腸口感的喜愛，就我所知，我的孩子，並沒有遺傳到。

茶的清香味

煮沸的開水，滾燙的白煙不斷往上冒成水蒸氣，茶壺裡放把烏龍茶或普洱茶，沖激而下，高溫的水，瞬間能將枯乾的葉面熱情的舒展開來，同時，我嗅到茶葉的氣味，從四面八方的空氣間漫溢而來。我選擇的比較簡單，它更純粹些，高雅卻不失品茗樂趣，我翻攪著紅茶包，看見袋茶包的顏色在杯緣內，慢慢自沸水中蔓延化開。我一向喜歡用茶包沖泡，已經被完整過濾完畢，杯底比較不會有沉澱物，可以方便一口飲盡。只是沉澱物也象徵一座茶園，是一種標記，偶爾，喝著喝著，少了沉澱物感受不到茶園也會讓我悵然若失。

我不喜歡喝到有沉澱物的茶，卻想念茶園的感覺。關於茶園，可以追溯到童年，小時候我總是跟著母親來到外公種植的山中茶園，夕陽下翠綠的葉片，一葉葉，一片片，摘下來做過日光浴後，母親便拿去製茶工廠花點錢委託廠內工作人員幫忙烘乾製成茶葉。工廠規模不大，馬達聲隆隆，運轉受熱茶葉的聲音此起彼落，站在遠遠的地方便能聞到自廠房內傳來的茶葉幽香，好濃郁，好期待的味道啊。父親喜歡泡茶，據說是外公培養出來的，假日裡來到外公家的山中小住，山中多雨的氣候，涼爽而多霧，如果這時候來杯溫熱茶飲，芬芳自舌間漫溢開來，直流入咽喉，暖暖喉嚨、暖暖身體，嗯，好過癮好過癮。就這樣，父親完成了茶道的初級班。

像許多被成功研發新口味的食品一樣，茶的口味也在日新月異中推陳出新。近年來水果花茶因受年輕人喜愛，消費市場始終居高不下，走進大賣場，夏季裡促銷的三合一奶茶包，有一陣子因鍾情於薰衣草奶茶，趁著大特價，我把薰衣草奶茶包裝滿整個購物車。而薰衣草奶茶正是這些年才崛起的口味，當我還是高中生的那幾年，台灣仍是看不見太多奶茶口味的時代，５００ｃｃ，７００ｃｃ的飲料店也並不像現在四處林立，夏季裡從艷陽下離開，想喝冰飲，只能走進便利商店，拿鋁箔類或寶特瓶等的奶茶，當時的口味與品牌走精緻風路線，選擇性不高，挑來挑去只侷限那幾家品牌，很多時候只能一再重複，縱使喝得很膩了。

薰衣草的口感佳，包裝也亮麗，在慵懶的午後時光泡一壺，一杯又一杯地慢慢品嘗，花草香得彷彿置身春天草原，我是尾乘風而來的蝶，輕盈，輕盈，只為一嗅薰衣草似雨的清香。而，不管當時的窗外是蔚藍海岸的夕落晚霞或是蒼鬱翠竹的雨中薄霧，我都有了沉浸在幸福中的光暈。

我的母親因為在山中長大，因為親手種茶採茶，所以也喜歡喝茶，每年中秋節，她習慣準備幾樣應景食物，號召幾位親朋好友，坐在月光下聊天，常常，伴著煮沸的茶香，或說娛樂，或聊是非，大家的話匣子，在一壺壺的茶葉中，談笑風生就這麼一併被泡開融合在濃濃夜霧中了。

年紀逐漸往上增長，母親也漸漸不愛泡茶品茗了，可是有一陣子她忽然跟上流行腳步，學起年輕人開始喝花茶。有一回她拿了一包菊花給我當茶泡，泡開的菊花茶卻有獨樹一格的霉味，電話聊起時，母親這才想起，那包菊花購買多年，恐怕早已過新鮮保存日期。我雖然沒有拉肚子，還是嚇出一身冷汗。

撼動芒草浪

在台灣南部的一座山裡邊，有一片不大不小的芒草，不知道從什麼時候開始，只要季節對了，它就迎風搖曳著。芒草裡有條步道，還有一座涼亭，方便遊客前來散步詠涼天。我的朋友也會靜靜的前往，拍下芒草被風吹彎腰脊的身影。那快門下繽紛壯闊的光影，宛如一張桌布，也有一種美麗，我曾為它寫過一首詩，叫作〈襲上秋天的心事〉。

雖然這幾年的暖化，使得氣溫的面貌轉變了，芒草在風中還是可以精神抖擻，一波波的舞浪縱橫於天地之間，甚至，涼亭還會吹來了遠方淡淡的桂花香。那些桂花在雨中，馬上潮潤，稍一不慎，就會被擊落地面，擊入泥土化成養分了。

朋友很喜歡拜訪那座山，覺得它魅力四射。明明只是一座不會說話的山巒，卻可以因季節與歲月在昆蟲幫助下唱起歌來了。他是一個充滿活力朝氣的人，因為這座山的日升月落、花開花謝而感動，用自己的滿腔熱血，精確記憶大地的容顏。

在媒體新聞中，頭條難免顯示自殺消息，說是那些個因愛情受阻或學業不順的男男女女，關於，他們的故事。不論是從高樓跳下還是燒炭，他們多半是成功的，再無生還的可能。我不是他們，無法理解他們何以放棄生命，我想到的是自己也曾有過絕望的時光，那是在我姊姊生病住院的時候，我終日裡失魂落魄，她卻與病魔越戰越勇，成了一個樂觀開朗的人。

她在醫院期間的表現是我的震撼教育，如果連自己都不相信，天下還有誰會相信你呢？

從此之後，我換了另一種心情，不論她化療過程有多辛苦，努力陪著她笑，她也不失所望一路過關斬將直到骨髓移植的入口。骨髓移植那一天，她還是信心滿滿，笑著要我等她回來，接受一個全新的她。我準備了很多東西迎接她，包括那一朵，她喜歡的白色玫瑰花。後來，中午的陽光很耀眼，玫瑰花彷彿就要融化了，我拿來一只瓶，盛些水，將花置入瓶中，放在她的靈位前告訴她：「氣象局說今年的雨水很充沛，妳喜歡的桂花不知道會不會在山中因雨而飄落滿地，別擔心，有空我會回去山中幫妳欣賞悠悠桂花香，順便照顧它。」我說著，空氣也隱約散播著花香，是那朵白玫瑰。水解了白玫瑰的渴，花香解了我的惆悵。

我的姊姊始終沒有放棄生命，不論多辛苦，她堅持到最後一秒鐘，是命運不允許她在紅塵中繼續，再結一段緣。

那一年的氣溫和自殺率，都沒有現在的嚴重。我們的生活大概就像大氣層，因為被忽略而一天天的脆弱了。樂觀的人就像姊姊，可以在困頓中找到堅強，悲觀的人則像一輪將墜的紅日，只能奄奄地消失在地平線了。

暖化使得季節錯亂了，常常同一個時間相同的國家，北方在飄雪，南方則是高溫來襲。台灣的氣溫雖然腳步也怪怪的，倒也沒有國外來得荒唐，只在梅雨季的時候，偶爾鬧鬧旱災。朋友喜歡走過的那一座山，秋季芒草一波波滾動著，彎著身，風那麼強，幾乎就要被吹斷了，看似辛苦，草兒強韌的力道一挺，風停，腰桿又直立了。而雲端上的陽光，正是它們舞動草浪時，反映的光芒。我看得癡了，有些撼動。常常，我們在挫折中以為過不去了，明天沒有希望了，因為沒有希望而產生絕望，也許，我們只要堅強站在原地不動；也許，只要轉換一下心情，時間走過便有豁然開朗的一天，有很多樂觀的方法，我怎麼會沒有想過要去發掘呢？

就像站在秋天邊緣，朋友被自己鍾愛的芒草淹沒的影子，神秘中有一種幸福的浪漫。

即使過去，仍是幸福

古典詩詞是自己很喜歡的一種文學，它有浪漫的一面，也有惆悵的一面，我注意到它的人生啟示，都讓優雅的人孜孜不倦，而許多的道理也確實能讓人在安靜的午後有深刻的生活體會。我不一定能將那些句子倒背如流，但我喜歡泡杯咖啡，輕盈地吟詠那些句子，臉上帶著陽光般笑容。

從前經歷背唐詩宋詞的求學年少，同學們叫苦連天，哀鴻遍野。他們認為的痛苦，對我而言，卻是一種快樂。然而，對於不擅長默寫的我，背得出來，卻不見得能拿到一百分，一首詩詞一定會有一兩個錯字，圈起來的紅色墨汁，一圈又一圈，彷彿鮮明地，指責我沒有用心去熟記。

那一天，我在書架上整理，找出一本往昔的日記，看見自己從前讀詩的點滴歲月。我記憶有些褪色好奇心也在蠢蠢欲動，便翻開了日記。日記本封面上蒙上了一層灰，裡面的文字卻讓過去的影像清晰地浮上眼前。

求學時，收過情書，情書是信紙，那些信紙背後有一些是古典詩詞，偶爾，也有風景照。很久以前，就喜歡風景照。那些攝影師從不吝嗇，用他們看見的世界瑰麗，讓我心曠神怡。

一天之中，你喜歡太陽還是月亮？

我是月亮的擁護者：「今人不見古時月，今月曾經照古人。」這首李白的「把酒問月」寫出景物依舊的心情，道出現在的人雖然看不見古時候的月亮，但是現在的月亮曾經映照過古人的意象。

月色象徵的，便是告別舊的一天，準備迎接新的一天，希望青春永駐的人們卻留不住歲月。其實，最好的方法就是，只要我們心中有一片快樂風景，不必強留住那留不住的光陰，便能擁有活力泉源。於是古典詩詞的浪漫，也儲存在心中，喜愛是日復一日堆積的利息。

放學的夕落，影子長長的在背後，微風徐徐。有個男孩站在放學的路上等我走過去。多年前的夕陽至今依然燦爛地燒紅記憶裡的晚霞。我留意到他懷裡總擁著一本書，有時候是唐詩，有時候是宋詞。有一次當他走向我時，我聽見他背誦：竹杖芒鞋輕勝馬，他手中拿著熱可可，然後遞給了我，繼續背誦，誰怕？一簑煙雨任平生，他將熱可可安穩放置好在我手掌心，頓時，我感覺好溫暖。

我猜想，他一定是品學兼優的好學生。

常常，信紙裡的相思古典詞彙，因為列印在情書的背面，如同貼切的愛情再度浪漫徘徊在心房而回味無窮，課堂上不曾學習過的，我也能因此而朗朗上口，看見老師眼中的驚奇和讚賞，我彷彿飛上最繽紛的雲端。

豪哥是姊姊少女情懷開始起飛的初戀，兩小無猜純純的愛，像一方畫布，清澈得像一抹尚未加工的天空藍。豪哥是男校升學班的學生，每天在公車站牌下等姊姊一同上學。兩人學校不同，為了趕上上課時間，家裡經濟條件優渥的豪哥大方請姊姊搭計程車，這一搭就是直到畢業為止。豪哥又高又帥，同學個個都很羨慕姊姊，直說她運氣好，姊姊當時很年輕，根本沒想那麼多，她沉浸在感情世界中，只想純粹一些，與豪哥天長地久。

姊姊一直把豪哥當成理想對象，並且一直以為這樣的情感可以堅持下去。後來，姊姊在步入社會後，利用下班閒暇時間積極文學創作，寫的是小說。在網路尚未發達的時代，觀看小說算是大眾化的消遣方式，所以租書城一間間林立，出版社踴躍徵稿，寫手們躍躍欲試，名額不限，只要合用便能得到出書機會。姊姊順利脫穎而出，成了作家。許多人都來恭喜她，以她為榮，只有豪哥冷若冰霜：「這樣啊，喔，妳出書了。」姊姊對於他的態度感到有些失望，但是隱約知道豪哥的意思：「妳已經是作家了，而我什麼也不是，根本配不上妳。」

他們分開後不久，姊姊罹患癌症去世。豪哥經歷的人生則是一帆風順，娶了賢慧的太太也生了可愛的孩子。我在臉書上因為搜尋朋友而無意間看到他。看見他相簿裡一家和樂融融的照片。十多年過去了，當年翩翩美少年在歲月不饒人之下，已是一位不折不扣有著啤酒肚的肥胖中年男人了。

看著他內心是五味雜陳，往事咀嚼在回憶中，流動成點點滴滴的感動。對我來說，現在最可貴的事，就是全心全意的給他祝福，希望他在往後的每一天，都能挽著妻子的手，甜蜜的散步在日落的河堤旁或海岸線。能活在當下才是幸福，對他，我永遠只有感謝。姊姊十多歲的浪漫情懷因為他，而多采多姿。對於往昔種種，我沒有埋怨，擁有的是心滿意足的微笑。

「夕陽無限好，只是近黃昏」，這是唐朝李商隱詩人寫的詩。夕陽下的一切風光無限美麗，可惜它靠近黃昏了，然而，詩人卻在古原上踏著夕陽，將感傷的心情轉換成一種浪漫，浪漫的書寫詩詞，哪怕生活已是充滿困頓，挫折連連，還是不放棄用詩表達生命的惆悵。在詩人的惆悵中，我得到人生的啟示。

我想起收情書，愛上古典詩詞與風景照的少女年代，以及夕陽下一邊等我一邊發出朗朗讀詩聲的男孩。現在的我依然讀詩，唯有讀詩時心情是平靜而祥和，也只有在讀詩時，才能感覺到一種，即使過去，仍是幸福的震撼。送給自己一個黃昏色的好風景。

牙齒的心跳

幾年前治療過的右上方牙齦最近又開始痛了，我選一個冬末較晴朗的夜晚就醫，在住家附近一間開幕不久的牙科診所裡。當年牙齦開始疼痛流血的時候，我曾在妹妹打工過的另一家牙醫診所被診斷為牙齦炎，醫師說情況並不嚴重，洗牙上藥後應該沒有大礙，並囑咐我兩天後要回診持續觀察。我當時配合度很高，確實在約定時間回診，然而離譜的是，連續兩次，診所都大門深鎖，天啊！那不是休診日，而是醫師要我回診的日子。當時是春天，路上開滿繽紛花朵，一陣風吹來，花雨滿天。只是兩次閉門羹不但讓我無心欣賞大自然景色，就連牙齦，我也失去治療的耐性。經過這些年光陰的消磨，牙齦疼痛感越來越明顯，牙齦問題自然而然由簡單變為複雜，醫師診斷結果也由牙齦炎，升級到牙周病了。

幫我治療的女醫師說：「妳牙齒有很多顆，蛀牙在齒間，所以最好的方法就是去大醫院，一併把蛀牙的問題解決。」當我與醫師討論病情的時候，她建議我一定要去教學醫院，「教學醫院設備完善，健保也有補助，妳的牙周病屬於第二期，很有可能必須切開牙齦清除細菌後，再做縫合。」女醫師告訴我最不樂觀的結果之後，肯定的說：「一定會痛！」我在一旁聽得寒毛直豎，牙齦切開來，那個疼，真耐人尋味。我從什麼時候開始怕痛，我已經沒有印象，我只知道高一那年開始，牙齒就以不定時炸彈姿態，轟炸我的神經，有時候痛起來，還能感覺到牙肉裡撲通撲通連繫的心跳聲。忘了聽誰說過，本來牙齒只有一點疼，看完醫師之後，疼痛變本加厲，使得他徹夜難眠。因此，我選擇的是自我忍耐，用牙膏塗滿疼痛的牙齒。牙膏清涼的感覺，常燻得我一把眼淚一把鼻涕，倒是神經真的得到舒緩，疼痛感消失，對於潔牙我又開始心不在焉了。當時的我避重就輕，忽略用這種非正常管道方法趕走疼痛感，只是過眼雲煙，牙齒，並不能因此得到健康。

我從網路上查到資料，來到中和一間教學醫院，聽說裡面有一位高姓女醫師不只拔牙技術好，為人親切笑容可掬，很年輕卻已是牙周病權威醫師。很多網友正面評價對她都讚不絕口。所以，我便神采飛揚向醫院出發。從三月份的週一開始安排，醫院先採取刮除法，因為是教學醫院，所以由住院醫師幫我治療，刮除過後牙齦會變得健康，如果刮除法無法將細菌清除乾淨，就要進一步以手術切開牙齦治療了。幸好，配合度很高的我，每次約診從不缺席。當牙周治療完畢，醫師評估，結果，我是屬於不需要開刀的幸運兒。

如今，坐在我身邊的住院醫師聊到我的牙齦，相當理直氣壯：「妳刷牙不夠用心，導致牙齦腫起來了……」接著，他從牙肉齒間挖出食物殘渣：「妳看，多髒，多髒啊？！」我很不好意思低下頭，低得不能再低，好像做錯事的學生，在老師面前被指責糾正的模樣。如果有地洞，真恨不得鑽進去。高醫師後來出現，一樣在我身旁與我討論我的潔牙狀態，不同的是，比起住院醫師，她溫柔多了。

我坐在牙周病門診裡，覺得有些慚愧，牙齒是屬於身體一部分，我擔心自己變老變醜，努力保養肌膚；我擔心自己不夠端莊，努力學習髮型服飾搭配技巧方法，卻忽略口腔習慣的養成，真是「一個身體兩樣情」啊。身體肌膚因為想讓人賞心悅目，也就努力不懈；穿戴的衣物飾品因為引人注目，光鮮亮麗成為理所當然；牙齒長在口腔內雖重要卻不顯眼，便容易讓人在刷牙時懶散。我最難以改變而必須拔除的，大概就是這種懶散吧。

甜甜的，並不膩

有一天萬里無雲的天空，忽然暗了。

我當時坐在電腦螢幕前閱讀新聞，順便上臉書看看親朋好友的最新動態消息。暗下來的天光，夾帶又快又急的風雨，這場大雷雨，帶來的風，從窗戶一路進攻而來，吹搖了第一個房間的透明玻璃。而我，正在此地使用電腦，天空震耳欲聾的雷聲讓我想起世界末日，不由得心驚膽跳地抬頭看，天氣，怎麼會這麼奇怪啊？它吹搖的不只是玻璃窗，還能隱隱穿透縫隙，桌上巧克力包裝紙，因風，搖搖地飄墜了。那是我前一刻才剛吃完的巧克力，嘴上，還糊著未乾的巧克力漬。

想起幾年前，生活壓力忽大忽小，睡眠品質一落千丈，巧克力是一種安慰自己的口感，可是，吃多了卻膩得難以下嚥。聽說跟牌子有關，有些國外進口的巧克力，甜而不膩，我相信這種說法，只是，必須耐著性子慢慢尋找，不可以盲目聽從別人指示去購買，別人的意見僅能作參考之用，畢竟每個人口感不同，別人讚不絕口的東西，吃在自己口中，不見得有很多拇指，可以成功地豎起來。

後來，我真的找到了適合自己的巧克力，甜甜的，並不膩，缺點就是太容易化開，放在掌心沒有馬上食用便會糊成泥，倒是當我想喝熱飲時，這種巧克力就是泡可可不錯的選擇食材了。有人說女性生理痛喝熱可可能夠紓緩不適症狀，這種說法見仁見智，只是用在我身上，真的滿舒服的。熱熱的喝，冬天吹起寒風細雨的時候，也順便溫暖冰冷的手腳，讓身體暖和一下，達到保暖效果。縱然對生理痛不見得每個人都能效果佳，卻能因為熱度而讓人感覺溫暖。

小時候我很喜歡吃巧克力，班上偶爾有男同學會帶來請我吃，逐漸長大，鮮花取代巧克力。有一個男校同學比較獨特，他總在放學路上拿著熱可可等著我走過去，至今記憶裡依然有晚霞的色澤以及他手掌心汗水的味道。男孩已經消失在我的生命中了，可是我的生命再少不了熱可可的陪伴了。當我想念一個人的時候，感覺就像可可，甜甜的，並不膩。可可和咖啡功效不一樣，可可不能夠提神卻一樣都香甜，口感也許小有落差，我覺得兩種都一樣優雅，是下午茶的好選擇。

我記得情人彼此相贈的禮物，除了鮮花與鑽石，巧克力也是一種象徵性的愛情。為了商機，許多店家紛紛趕搭上情人節這股風潮，從形狀到口感到包裝，巧克力每隔一段時間就推陳出新，巧克力，也是情人節重頭戲。我曾在超商展示架上看過一個立體kitty貓包裝的巧克力，還記得是個微涼的秋天，無關情人節，路上的葉子被夕陽映紅增添了幾分撫媚，不動聲色的kitty貓安靜得這樣可愛，從不曾改變髮型與表情使她的光環始終在記憶裡光鮮亮麗，我愛不釋手把玩著。我就像是一個剛學會走路的孩子，穿著學步鞋，愛上了大地，直到睡意已深，才依依不捨告別大地。

我喜歡面對窗外喝熱飲，也許是可可；也許是咖啡。我在春天與夏天交接的季節裡聽見窗外傳來陣陣震耳欲聾的雷聲，好清脆，好響亮，不過才幾分鐘的時間，陽光完全不見了。還來不及走出房間，隔著玻璃窗，我已看見客廳的天光，漸漸暗下去了。桌上的巧克力包裝紙飄墜在地上，年輕時男孩手中熱可可味道湧現，所幸，我的記憶沒有失去陽光。我起身泡了一杯可可，走向客廳，觀賞大雨。

用智慧走在婚姻之路

在父母之命媒妁之言的年代，很多婚姻往往不能自主，尤其是在重男輕女的社會，生下女兒的家庭，送給人當童養媳或養女是家常便飯，彷彿，女人成為守舊時代下的犧牲品是一種社會整體理所當然下的價值觀。

我有一個朋友的母親，家裡很保守，連婚事也是家裡張羅，在婚前她對自己的另一半根本一無所知。據朋友所說，她的母親直到洞房花燭夜才知道丈夫也就是朋友父親的模樣。「很荒唐吧？」我的朋友似笑非笑，倒也有點無奈。「換作是我，大概會選擇逃婚吧！」我做了這樣的結語。

起初，在課堂上聽過老師說起從前男婚女配，全由父母作主的故事，曾經也從電視電影看見類似的劇情，也許是政治；也許是豪門，最終都逃不過門當戶對的安排。於是，一對對真心相愛的情人，在父母堅持下被拆散，幸運的，對方能善待自己，白首到老；悲慘的，不但被暴力對待或許還得忍受丈夫的花天酒地、三妻四妾。即使是門當戶對，也不能保證快樂。而這一回，朋友父母真人真事的故事，震撼了我，也讓平凡中的我算是大開眼界了。只是她的母親，真的沒有得到快樂。

我的阿姨是童養媳，收養她的是被喚作舅舅與舅媽的人，因為這樣的身分，她理所當然嫁給她的表哥，在遙遠的從前，近親聯姻是很正常的，小時候我去她家玩，常看見他們兩夫妻坐在一起喝酒；一起下田；一起養豬，看起來永浴愛河的樣子。然而那時候姨丈已經會動手打阿姨了。母親一向與阿姨相知相惜，因為她和母親的人生，有著部分相同的遭遇。母親和父親是自由戀愛，但是父親的遊手好閒與暴力相向傷透母親的心：「等妳將來長大了，不要嫁給像妳父親這樣的人，最好當個女強人，自己養活自己，不要走入婚姻，婚姻不能保證幸福。」曾經有一次父親偷了母親存款後，母親憤世嫉俗地這樣對我說。

我看過父親幾乎每天都在母親掛起來的衣服口袋中，尋找買酒的鈔票，就像小朋友在襪子裡尋找禮物的期待，「爸爸把每一天都當成聖誕節在過，很有獨特的思想吧？」還記得我很年輕的時候說給妹妹聽，妹妹眼中的失落。

我並沒有聽從母親的話，成年之後，穿上白紗步入禮堂，然後生子。我在婚姻中過得愜意自在，有一個疼愛我的丈夫。我也幾乎忘了母親和阿姨的故事，興高采烈告訴朋友婚姻的美好，告訴單身友人快去尋找另一半。其實，現今的婚姻已不像從前那樣不自由，離婚率卻年年新高。如何經營讓彼此真的攜手到老，全取決雙方智慧，相愛容易相處難，如何由難轉易？才是該思考的方向。

完美的色澤

我將傻瓜相機小心翼翼打開來，放進底片，接下來是檢查電池是否電力充沛，確認陣容齊全後，開始捕捉想要的鏡頭，按下快門，開心的拍下我的風景照。夕陽，當然，那是最愛的配角，它使風景的視野更為遼闊。我自認自己不是擅長攝影的女人，但是，當我決定拿著相機出門，讓所有生活變得生動，就表示我又要為相簿增添一些紀錄了。

如果我想要省下沖洗拍出失敗相片的金錢，就必須要攜帶數位相機，現拍現看一番過濾之後，我必然會珍藏幾個黃昏，或購買光碟存下記憶卡中的春夏秋冬。照片，與我的生活總密不可分，卻又隱隱約約能左右我的喜怒哀樂。我的妹妹向來不看好我的攝影技術，常對我說：「妳可別指望我當模特兒給妳拍照，我連妳的鏡頭放在哪個方向都看不到。」說的其實是讓我傷心的事實。

我曾把相機放在石頭上，並且將模式設為自拍後迅速飛奔到妹妹身邊擺出姿勢，只是婀娜多姿的體態超過範圍，拍出的就恰好缺了上半身的角度，妹妹看見兩雙至大腿處的腳占滿相片空間，感動了，認為我是個攝影白痴卻又死不認輸的可憐姊姊。我相信拍照需要天份，而我與妹妹都缺乏這樣的細胞。

大多數的時候，我仍然熱情的相信著：照片等於回憶。就像三年前與友人天岸馬在台北參加懷舊相片展一樣，黑白照中笑容可掬的老奶奶，拿著扁扇，頭微仰，面前圍著一群孩子專注的眼神。照片沒有說明，當然也無法發出聲音，我卻感動於那樣的氣氛：老奶奶正說著讓人發笑的故事。我直覺那是個幸福的午後，很完美的色澤，縱使黃昏是灰色的。根據照片攝影年代，天岸馬與我都一致認為，老奶奶想必已經不在人世，感傷的是，我還是喜歡這張照片中，老奶奶眼角的魚尾紋，只是每看一次就增加一回怵目驚心，比起照片中的往事雲煙，人的生命顯得太短暫也太脆弱了。

我的抽屜裡還保存一些舊照片，滿月照說明著我嬰兒時期的天真無邪；從小學開始成長過程不同階段的畢業照，暗示下段人生我將面對所肩負的責任；結婚照代表我將失去談戀愛的單身生涯；然後不管歲月如何變遷，我最後的等待，必然是一張供人瞻仰的遺照。然而照片有時也很虛幻，滿月照中的嬰兒笑容燦爛，並不表示這個孩子有個快樂童年或是可以平安長大；結婚照中主角恩恩愛愛，卻無法保證兩人能夠一輩子永結同心。

我相信，照片就算不能將瞬間承諾成一個未來，對我而言，它仍是生活中不可或缺的。我在揣摩我人生最後的一張照片，我很好奇人們看見它時，是怎樣的心情？可否能認為我走過的人生，擁有最完美的色澤？

心中有雨下在巴山

自從歡笑變少憂愁變多之後，新的一年就不再是值得盼望的事了，除了因歲月增加更多的煩惱皺紋之外，新的一年還能帶來什麼好處？現在的小孩面對跨年，並不像我那樣憂心自己未來生活目標，而是慶幸自己長大一歲。我忽然起了好奇心，孩子們到底怎樣紓解一年比一年更沉重的課業壓力，變成我關心的事。就讀國小三年級的兒子最近適逢考試期間，琅琅讀書聲過後，走到客廳，我問他讀完書後打算做什麼？「我要看一看家裡的盆栽，在雨中的樣子。」大兒子語氣平穩的說。我想起幾個月前，家中本來光禿禿的泥土突然之間冒出新芽，越長越大之後，先生將它移植到較大的盆栽，大家都不知道怎麼會成長得這樣迅速？「一定是雨水的灌溉……」兒子的眼神更明亮了，他看著盆栽很真摯的說：「一定是雨中舒適的感覺……只要是有生命的都需要水的滋養。」

是的，只要有生命都離不開水。我從小就喜歡觀看或聆聽流動的水聲，我的朋友沒有這樣的興趣，很多人甚至不喜歡下雨天。

我想起少女時代的自己，很喜歡在下雨時漫步在雨中，準備洗滌不順心的事。幾乎每一次足跡都在春天的梅雨季開始留下，我在校園中慢條斯理，走到校門口的公車站牌下搭車，故意站在遮雨棚外，慎重其事的想著：「開始吹起涼爽微風，路面有層薄薄的霧氣，春天，我知道它已經來了。希望這場雨可以洗去我今天的不快樂，讓我的心情像雨後一樣昇起繽紛虹彩。」於是我一直在等待一場清新的雨，生活的歡愉再度重新開始。

讓我印象深刻關於雨的一首愛情詩，我想到的是在流亡中行經巴屬之地寫下「夜雨寄北」給妻子的李商隱。李商隱有個極其美麗秀氣而又溫柔婉約的妻子，她同時也是王茂元的女兒—王晏媄，她的體貼安定了詩人靈魂漂泊的所在，讓自己在婚後備受丈夫寵愛。我在「夜雨寄北」讀到的故事，巴山的夜晚下了一場大雨，詩人李商隱正在窗前寫詩捎信給妻子：君問歸期未有期，巴山夜雨漲秋池。何當共剪西窗燭，卻話巴山夜雨時。老師說寫這首詩的時候，這個癡情詩人並不知道妻子其實已經過世了，從此我總覺得那場大雨始終還下在巴山，等待佳人共同剪燭談心，永遠停歇不了。閱讀著「夜雨寄北」時，他相信與妻子終有一天能重逢的樂觀安慰了我，就像看著往昔的自己，總相信一場傾盆大雨，就能洗去不如意換來一場新的繽紛人生。

咀嚼中的甜蜜

某家知名連鎖蛋糕店的宣傳單，投遞在我家的信箱中，兒子回家時特地拿來和我討論，但我拒絕購買這家商品。「那妳打算買哪家的呢？」兒子看起來很擔心我不打算慶生的樣子。我說我已經有喜歡的蛋糕店，打開我的記事本，拿出一張收藏一段時日的蛋糕總類參考圖。兒子覺得很好奇的湊過來看，既對我拿的單子好奇，也對單子上的商品好奇。他稱讚這家店的蛋糕圖案很可愛，樣式也繁多，問我是否會購買？其實搬遷到台北後就習慣在這家蛋糕店購買，美觀又好吃，就是怕熱量高了些，只是除非去有販賣打出低熱量廣告的店家，否則蛋糕很難讓人吃不胖。

我想起唸中學的某個雨夜，姊姊帶著我冒雨踏過街道的積水，走進燈光明亮的蛋糕店。她一語不發的臉上沒有任何表情，我不明白為什麼她會突發奇想地想買蛋糕。蛋糕店已接近打烊時分，部分櫥窗的鐵捲門正逐一拉下。姊姊迅速的挑選、結帳，趕著回家幫我慶生，我這才恍然大悟，她的不苟言笑是為了給我驚喜，挑選的是為我祝福的蛋糕。那一天，是我十九歲的生日。我也一直很想買個蛋糕回送她，並且想著將來自己再度生日時，還要她陪伴我，親手為我切下一塊好吃的蛋糕。姊姊後來毫無預警的開始發燒，緊急送醫檢查，母親告訴我，姊姊生病了，必須接受化療，幫助自己對抗癌細胞。因為白血球過多，所以高燒不退。我感到某種困難：接下來不論是自己還是要幫姊姊慶生，只能在醫院裡高唱「生日快樂」了。

如今，每當面對自己生日的我，仍會買蛋糕來小小慶祝一下，不必在醫院，因為我的姊姊已經過世十二年了。我有時候買芋頭布丁；有時候買巧克力幕斯；有時候，特別想念十九歲與姊姊一起購買蛋糕的那個雨夜，空氣中回盪著我們的笑聲。

現在，我的兒子陪著我切下蛋糕，落日的霞光照著我與他兩人的身影，那是記憶裡最幸福美麗的畫面。「吃蛋糕的時候美麗？」我兒子聽我說完，哭笑不得：「一定是蛋糕款式美得太過夢幻，讓妳的想像力無限延伸導致錯覺。」

我想，並不是我迷戀蛋糕上美麗的圖騰，而是在需要滿足親人祝福的時候，在需要甜蜜口感的時候，恰好買到了一盒蛋糕，那種高興的表情，漾在嘴角成了微笑。就像我不管吃了什麼款式的蛋糕，沒有食用完的，總要放進冰箱冷藏，以確保新鮮度，如果從夢中醒來，天尚未朗朗地亮起，我可以為自己切下一塊蛋糕，咀嚼著甜蜜，便有勇氣等待天明。

吟唱中的旋律

走在淡水老街，我與朋友正繞進街頭買飾品小物的店家。我鍾情的主角是貼耳便能聆聽旋律的貝殼產品，看見我把玩著一件件貝類產品愛不釋手，走在身旁的朋友忍不住問：「妳喜歡嗎?不會吧……」她訝異的提高音量：「這可是象徵著一條生命的消逝。」這一說反而提醒我不可以掏出錢包買貝殼了。朋友說她曾經看過一個愛海的環保學者紀錄的影像文字。關於海洋，先是人們在海灘上撿拾貝殼，留下垃圾，然後因為貝殼嚴重短缺，垃圾卻不請自來，現在寄居蟹住的不再是貝殼，而是垃圾堆中五顏六色的瓶蓋。她向我坦承，自己不碰觸貝殼的原因並非不喜歡，而是不忍心，那是海洋中的一條生命，也是某一種希望的象徵。我聽著她淡然的說著，始終沒把貝殼拿去櫃檯結帳。

其實，我本身喜歡的也不是貝殼，我喜歡的是它吐納出的聲音，抵擋不住的海洋之歌。小時候經常去住在海邊的阿姨家遊玩，我總是漫步在夕陽下的沙灘，聆聽拾起的貝殼傳來悠揚的旋律，心臟卜卜的跳著，興奮又緊張。縱使它發出的只是單調的風聲。好些年之後，無意中閱讀到，南宋蔣捷所寫的詩詞虞美人(聽雨)，他在年華已老，兩鬢斑白的時刻回味一生，寫下了這樣的句子：「少年聽雨歌樓上，紅燭昏羅帳。壯年聽雨客舟中，江闊雲低，斷雁叫西風。而今聽雨僧廬下，鬢已星星也。悲歡離合總無情，一任階前，點滴到天明。」這首詩詞讓我把感動感受得淋漓盡致，當然也或多或少影響了我對於聲音的看法，我認為優雅浪漫令人動容的旋律，不一定能溫柔呈現，就像在深夜裡忽然響起的驟雨。

就在我將喜愛從貝殼轉移到雨聲之後，發現北部艷陽高照的晴天，機率也大幅升高了，行人隨身攜帶雨具用來遮陽，彷彿晴空萬里是生活上的基本配備了。隨著現代人的腳步緊湊，唱片也推陳出新；關於蟲鳴鳥叫；關於山川河流。我特地逛進書局試聽ＣＤ，會選擇書局，一方面是因為唱片行賣的項目過多不符合我的生活模式，另一方面則是習慣聽完音樂還能隨手翻閱幾本書，然而大多數的時刻總有人捷足先登，等候的人又總能比我搶先一步，嘆息中我只得選擇放棄。旋律本身的價值，使它充滿魅力，讓喜歡它的人無法抗拒。

可以發出聲音的種類琳瑯滿目，除了貝殼，現在的我情有獨鍾於雨水墜落時發出的聲響。我的母親不喜歡雨天，每到下雨的日子，臉上總風霜嚴寒，彷彿所有的人都虧欠她。我微笑的從店家走出，碰巧下雨了，迎面吹拂來的海風夾帶豪雨，雨中的空氣十分清新。我忍不住抬頭凝視灰濛濛的天空，有多少人籠罩在這場雨中，跟著雨聲在心底輕聲吟唱？是否因為那千軍萬馬奔騰般水滴的氣勢，使這座海灣城市的涼爽之意再增添一種壯觀風采？

水，流過惆悵的心間

我與妹妹坐在客廳看新聞，看見某個觀光區的咖啡廳，聚攏著滿滿人潮，妹妹亮了雙眼說：「看，溫泉咖啡啊！我只知道溫泉水可以煮蛋。」妹妹開始質疑：「泡咖啡的溫泉水有人泡過身體嗎？喝了會不會拉肚子啊？」

這是已經過了一些時日的電視新聞，在業者的巧思下，用溫熱的溫泉水煮泡出一杯香醇咖啡，大部分糖包是放在桌檯上，讓顧客依照自己的喜愛，添加調味出適合口感的甜度。只是，我想到的是那些曾經在我生命中流過的水，和唱著歌從我身邊經過的水發出的清脆旋律。

我是從什麼時候開始感受到水的美好？一定不是當我在游泳池畔，怎麼努力學習也只能表演『溺水式』的時候。我在冬天洗澡比一般時節都要來得抗拒許多，我在淋浴完畢穿衣的時候總比其他家人怕冷些，媽媽於是說，我穿衣總是慢吞吞，並沒有給我別的意見。後來在中學的課堂上，有位老師與我們交換了度假心得，眼中閃動著懷念：泡完溫泉，你們相信嗎，在一片白雪皚皚的北海道，離開水起身著衣，居然一點都不覺得冷。也是從那個時候開始，我有意識的注意水與溫度，我靜下心觀看水龍頭流下濺起的水花，我聆聽著水流動的聲音；我驚訝的發現掛在荷葉邊的露珠如此晶瑩剔透。

我體驗到許多生命裡離不開的感覺，是透過水傳遞而來的。生病的時候，知覺全被痛苦佔滿，咳嗽的瞬間，喘息的瞬間，只想尋一只杯，仰頭一飲而盡。那些自喉頭經過的，水的滋潤與甘甜，便能融入每個枯乾的細胞。

記不清自己生病過幾次，只是肯定在每個從病床甦醒的時刻，自己在不同的季節，流露出相同想看風景照的心情。希臘的愛情海與夕陽；掛在蛛網上的雨珠；山中流瀉而下的瀑布。這些照片中水的浩瀚與袖珍，都讓我心曠神怡，雖然地點皆遠在天涯，風景卻都近在咫尺。

我忽然想起因悲傷而流下的那些眼淚，那些與我生離或死別的親朋好友，深刻或短暫的記憶；昇華看不見卻可能永恆存在眼中的淚水。

當我漸漸忘記悲傷，我相信那些感動的、喜悅的，仍持續在我的人生中，融進炯炯有神的瞳眸。那一顆晶亮瑩潔的淚珠，就像一片平靜的海洋，溫柔地漫過我惆悵的心間。

新鮮好吃，木瓜

舅舅居住的山上種植了一大片木瓜園，高高低低的木瓜樹結實纍纍，媽媽說這些青木瓜適合拿來燉湯食用，我們吃的是成熟後發黃的甜木瓜。我小的時候並不喜歡喝青木瓜湯，卻喜歡在福利社買一瓶加工過後現成的木瓜牛奶，曾經，喝完一瓶就餵飽了我當天一頓的早餐。

最讓人期待的還是放學後的木瓜拼盤，賣木瓜拼盤的店家擺放各式各樣新鮮的水果，俐落削皮切塊技術節省了消費者等待的時間。店家門外不遠處，有一個賣木瓜等其它水果的路邊攤販，我覺得買木瓜回家自己切塊比較划算，便走近禮貌性的先詢問價錢，「一堆五十元」老闆回答。一堆有三個肥肥木瓜，我掏出錢購買然後開心的把木瓜帶回家。成年後某個颱風過境的日子，我挑了三個肥肥木瓜，老闆放在磅秤上，說：「三百七十元。」也許是我的表情呈現疑問呆滯狀，老闆連忙解釋：「因為颱風剛走，別看這個價錢數字高，我們可沒什麼利潤。」雖然老闆的話很有道理，我還是捨不得掏出錢包，畢竟之前是三個五十元啊。幾經猶豫，我重回到木瓜區，把三個肥肥木瓜換成三個營養不良木瓜，體重減輕自然就便宜多了。如果木瓜可以常保新鮮之軀永遠不腐壞，可以做庫存管理，必然會有許多人爭先恐後來投資木瓜，而非基金股票或是房地產。當然我更希望颱風不要帶來毀滅性災害。母親告訴我不論任何蔬果只要遇上颱風價格一定上揚，所以颱風過後就要少買，免得荷包失血過多，她還說舅舅家也有種木瓜，想吃多少就有多少還免費呢。

舅舅種的木瓜多半都是燉湯用的青木瓜，因為會有鳥類來啄食，舅舅在人力不足無法幫木瓜做防護罩的情況下，只得提早採收木瓜，收成之後，就會打電話叫母親前去拿木瓜，於是，每次喝青木瓜湯都覺得是一種省錢的方法。青木瓜搭配排骨熬煮，空氣中瀰漫著很奇特的味道。小時候覺得難喝，因為味道很苦澀，後來，我聽說它可以豐胸，便變得不再排斥。

為了豐胸我經常讓青木瓜壯烈成仁。有一年為了去舅舅家拿木瓜與父母入山，山上霧氣濃重，有些涼意，反覆幾次轉彎，終於來到舅舅家。我們下車，絲絲雨雨中走進舅舅家的廳堂，舅媽剛巧端出正燉煮好的青木瓜排骨湯，高興的招呼我們享用，我們一人一碗，吃得臉頰潮紅，連汗水都逼出來了。我後來不再於颱風季買蔬果，颱風也讓我大失所望年年帶來災害，只是我的胸部真的沒有長大。

我在夏季夜裡走進便利商店，站在琳瑯滿目的飲料前，拿了一瓶木瓜牛奶。我還是喜歡這種甜蜜的滋味，這也是情緒中最難持久的滋味。

永恆的海

我喜歡海洋，因為海天總在遠方親暱的連成一線，日落時又有著那樣美麗的夕照色澤。小時候住在都市的我，為了有一天能買新房子與大海比鄰而居，期待長大。從小學高年級開始，我蒐集貝殼類的裝飾品，上課老師在黑板寫的重點被我抄進以海洋為背景的筆記本，複習功課從此樂此不疲。有時也會在課堂上做起白日夢，想像自己面前是一面窗，往外看，便是一片蔚藍海域。只是當我逐漸明白寄居蟹對貝殼的依賴，我便不再購買貝殼。

沙灘是海洋登陸上岸的休息區。那一年去阿姨家小住，與姊姊走上頂樓，頂樓風不大，灑滿陽光，我們向前走到盡頭再向下俯瞰，蔚藍海岸沙灘旁有一片草地，草地上佇立一頭正在反芻的牛。我和姊姊因新奇看得入了迷。頂樓陽光普照，沙灘旁草地上卻飄著絲絲細雨。下樓後我們沒對任何人提及此事。長大後重遊舊地，再不見那座海洋、沙灘與草地。令我困惑的是，阿姨家雖然離海洋很近，住家終究不在海洋旁邊。後來不論我再度上樓幾次，向四周圍俯瞰而去，都已是熟悉的，阿姨家四周的景色。再不見海洋沙灘與草地。我常向母親提到這件事，笑說我們誤闖進聊齋，看見蒲松齡的海洋。

成年後來到南寮漁港遊玩，我像小的時候一樣，安靜的坐著吹吹風。雖然是不一樣的海洋，卻有熟悉的感覺，在新竹這個陌生的城市。

我看著夕陽的時候，突然，時光的甬道裂了一口子，三歲的我追著五歲的姊姊跑。因為那一天，姊姊被父親責罵了，她獨自一個人走在沙灘上，走得好快好快，然後，找一個無人的地方坐下。

「妳在幹嘛？」我悄悄的靠近她。

「看天空。」她沒好氣的。

「我可不可以？」我在她的身邊坐了下來：「陪妳一起看天空，我會乖乖的，不會吵妳。」

傍晚的海風吹著說不出的舒適，三歲的印象我居然還能夠保留。很快的，我們坐上父親開的車踏上回家的路途。我依依不捨不斷回頭地眺望越離越遠的海岸線。終究要回家了，母親說，時間是短暫的。

三歲的我不了解什麼是短暫，也不懂得多問。然後，陽光濾過行道樹，透進窗子，投射在二十歲的病房內。記憶開啟二十歲的時光。姊姊躺在病床上等待骨髓移植，顯得相當開心：「醫師說手術過後，就一勞永逸了，永遠是個健康的人了。」我聽她說，也替她高興：「等妳好了，去看海吧！」

「去看海吧！」我的眼睛潤濕了，明明是多年前說的話，此刻卻讓我悲傷的想哭。夕陽依然熟悉的染紅海平面，姊姊的骨灰安靜的存放在寂寥的寺院中。這個世界，什麼是短暫？什麼又是永恆？我迷戀海洋寬廣的浩瀚，只為感受身邊有一個她，可以永恆的陪伴。

桃花依舊笑春風

我的雙腳步行在阡陌，從臉頰開始放鬆，然後是身體，風像一種愉悅，溫柔地吹拂過我身邊，然後是落花，飛舞著滿天，在夕落的湖邊。我把自己送給大自然，也送進春季裡的晚霞。

在我印象中第一棵親眼所見充滿鳥語花香的樹，是叔公家旁略為傾斜山坡上的桃花樹，春天花開的時候，停滿冠羽畫眉；春雨落下的時候，空氣飽含潮濕幽香，所以很小的時候，我就很喜歡這棵樹。但是我其實不喜歡攀折樹木或花朵。每次到叔公家去玩，我拿著相機跑到那棵桃花樹下，看著閃光燈一閃一閃地亮著深山的瞬間。

唐朝詩人李白在山居歲月中，看著流水帶走飄落的桃花，覺得自己住在一個美麗的天地，內心非常愜意愉快。當朋友來拜訪李白之後，李白感性的寫了〈山中問答〉這一首詩：「問余何意棲碧山，笑而不答心自閑。桃花流水杳然去，別有天地非人間。」連才高八斗的詩人，都能因為花而左右其心境，可見這是多麼討喜的大自然產物，並非只有女人鍾情。唐詩中還有另一篇故事，叫做「絳娘與崔護的桃花緣」，說的是散步在郊外路途上的崔護，在農家小院遇見一位美麗少女－絳娘，在桃花香氣圍繞下，借了她一碗茶水解渴，解完渴回家後的崔護，對少女念念不忘，於次年重遊舊地，只見桃花樹下落一地繽紛桃花，再不見少女蹤跡，便在房門上寫下〈題都城南莊〉：「去年今日此門中，人面桃花相映紅；人面不知何處去？桃花依舊笑春風。」故事中的崔護，深情感動上蒼，最後的結局是病危的絳娘出現，因為見到心上人而大病痊癒，兩人結髮為夫妻。桃花，也成為愛情的一種記憶。

到了中年，慢慢意識到血糖過高的危機，我聽從母親的建議，決定拋棄喝了好幾年的加糖冷飲，換成飄散淡淡香氣的菊花茶。花朵看起來像縮小版，形狀仍完整。我想像它們在加工前，生長在瀰漫晨霧的山頭；啜飲斜斜飄灑的細雨。於是，藉這一盅茶，雨後初晴的陽光，在齒間漫溢溫暖。

因為這樣的想像，透過盛裝菊花的那把壺，我彷彿聽見花朵的吐納與氣息。

我的視覺沿著相片軌跡，順著童年的腳步，就從這裡進入，來到叔公家旁的桃花樹。在樹下，我聆聽鳥語，也聞著花香，我在季節流逝中，用花送別了親友，於告別式的靈堂上；在花開瞬間擁抱幸福，歌誦大地的美好。花，易開易落，在季節裡時時更新，不曾遠離。然而，這些年來，叔公家旁的桃花樹，是否仍在春天和煦的微風中，綻放笑靨？

珍藏螺類貝殼的想像空間

比方，我們發明一項遙控器，掌握我們的幸福與愉悅心情，就像一個按鈕便能延後螺類死後發臭的時間，讓它亮麗、光華、像平常在沙灘上撿拾的貝殼一樣。比方，有了這項發明。

小時候很喜歡和父母去務農的阿姨家遊玩，那時阿姨在桃園種植的西瓜園很廣闊，四通八達的鄉間小路可以到達豬圈，空曠的流動微風將惡臭散播到西瓜園。因此我每次去都會聞到一股酸澀的豬屎味，把寂靜的農地襯托得更有田園風味。我喜歡去那裡的主要原因是，那裡不遠處的一方海洋，有一片附著螺類岩石的沙灘，推著潮汐帶來雪白的浪花，往沙灘急急而來又徐徐退去。我喜歡看母親快炒燒酒螺的過程，先將切碎蒜頭放進豬油加熱過後的鍋中，不久就可以聞到空氣中瀰漫著的蒜香味，對我而言那是一種讓心情愉悅的幸福味道，每次嗅到便覺得有飢腸轆轆的感覺，彷彿胃部已經淨空很多年了。接著，新奇的事發生了，熟透的螺肉捲在殼中，彼此撞擊的清脆聲音從鍋裡傳出來，不知道的人也許會以為放入快炒的就是石頭。母親隨手取來盤子，用鍋鏟將牠們一次一次的盛裝起來，成了一大盤，冒著白煙的，小巧袖珍的，飄著香氣的燒酒螺。

永遠不會忘記第一次食用燒酒螺的經驗。我把從殼中完整剝離的螺肉放進嘴裡用力咀嚼，然後一咽口水，吞下去了，就這樣，沒有了。我感覺到惆悵，花了一番工夫的燒酒螺，原來是這樣的。好像還不如烤蛤蜊呢。曾經母親教我把烤好的蛤蜊放在嘴裡品嘗，連同鮮甜的湯汁，真是好吃好喝到一口接一口的停不下來了。

第一次的惆悵並沒有讓我失望，我仍對燒酒螺充滿愉悅與期待，因為我忽然突發奇想，雖然牠的肉少到一口就沒了，但牠有殼，不如就這麼把殼留著不扔，悄悄收藏也好。只是，我的如意算盤沒有成功，時間的流逝慢慢改變它在我眼中的形象，它開始發臭了，經由我清洗幾次徒勞無功後，終究還是難逃被我丟棄的命運。

長大以後有一次在電視新聞中看見颱風過後滿目瘡痍的西瓜園，曾經用心栽種了那樣久；曾經期待上市的那一天；曾經以為壯碩豔麗的外表可以賣到好價錢，到底敵不過一場颱風。來得及採收的寥寥可數，其它的連同農夫的心一併在風雨中陣亡了。我忍不住脫口而出：「怎麼這麼像燒酒螺？」

就像燒酒螺一樣。對於燒酒螺口感的迷戀，應該是許多海鮮饕客共有的經驗吧，那樣的期待，那樣的失落。

長大以後，我依舊會回到岩石縫隙尋找被海水汙染早已不能食用的螺類，我不是為了口慾，而是一種對於生活的想像。想像自己的心是一顆尚未切開的大蒜，未經高溫烹煮的時候，只有欲淚嗆咳的辣味，因為某件事某個人的觸動，我被情緒煎熬了，也許歡喜，也許憂傷，卻都是我心甘情願。甘願改變味道了，一種鹹澀的，接近淚水的味覺。為了被認同，也很甘願的被限制，成為馱著殼的生物，就像燒酒螺。

然而，接近我想接近的人或其他事物的時候，就會發覺一切不如想像的美，生活中有太多的挑戰與艱難。我固執的保留一個發臭的燒酒螺，在不忍丟棄它的心中，一寸寸地麻痺我的嗅覺。

也許會有人全盤否定我對燒酒螺的想像，認定太飄渺的東西不該與真實世界相提並論。但是，人生有夢才會美，不是嗎？與其平淡無奇的一生，我寧願自己走的是一場充滿藝術夢幻的人生。況且，比方我得到保存螺類貝殼的秘方呢？

我並沒有找到方法，但是我知道要如何憑著想像力為自己，製造一場繽紛的不枉人生。

麻油飄香時

走在下雨過後的夜市裡，我瞥見坐在路邊攤位上喝熱湯的一對年輕男女，在燈光燦亮亮地映照下，你一口我一口的，共同享用著，成為冷清街道上醒目的畫面。同時，我嗅到麻油雞湯的氣味，從我周圍飄香蔓延而來，於是，我停下了腳步。我停下腳步的瞬間，記憶開始向從前走去，童年的我面前有一鍋雞湯，母親正用湯勺一瓢瓢盛裝在我的碗中，用嘴輕吹著，讓雞湯冷卻些，有時候湯碗中雞湯太油膩，我便皺著眉頭抱怨起來，好油好難喝，我不要喝湯。母親就會趁機告訴我，這是用土雞煮出來的，用土雞煮麻油已經很幸福，當她像我一樣大都是用蛋煎麻油簡單地加水煮成湯。我知道蛋可以滷，可以用茶葉調味包弄成茶葉蛋，可是並不知道也可以拿來煮麻油湯。

然後，雞的種類變多了，公雞母雞被人們大量繁殖，不再像從前那樣珍貴。我最喜歡在冬天喝麻油雞湯，寒風冷冽，許多放學回家的日落時分，喝下一碗熱騰騰的麻油雞湯，身體都暖和起來了。到高中半工半讀才學著自己煮湯的我，起先無法拿捏火侯與烹煮的時間，有時候起鍋了還有血絲從肉裡流出，母親教我必須將加了米酒的湯湯水水完全蓋過雞肉，讓每一塊肉充分浸入湯汁之後，用小火慢慢的滾了再滾，我的不耐煩就這麼變得溫馴了，明白很多事都要靠耐心完成。

我有一個養豬種田的阿姨，擁有讓人讚不絕口的廚藝，熬煮麻油雞湯更是拿手，讓我去她家不但不必幫忙動手做菜，還可以享用剛出爐的麻油雞湯。枯乾的樹枝或木材塞在灶台中，空氣裡滋滋作響著燃燒的聲音，彷彿距離使用瓦斯爐的繁華都市很遠了，儘管是那麼鄉下，但是，沿著綠油油的稻田走向阿姨家，立在風中翩翩、田野邊灑滿夕落色澤的稻草人，看起來是那樣快樂，我相信它是因為感覺到風傳遞而來，阿姨家的麻油香，鄉下這樣的樸實風情，還是讓人忍不住嚮往。那時候很多待在阿姨家放假的日子，都能聽見廚房裡傳來乾柴烈火的聲音，不必等待太久，就可以聞到阿姨百喝不厭熬煮的麻油雞湯。這肉塊這湯頭，當然，也包括享用時我自己愉快的心情。

麻油雞湯是每個女人生完孩子不可缺少的補品。我的阿姨說，她記憶中坐月子的麻油雞湯，是飄香在妯娌的宅院中。那些年經的歲月，阿姨總是很巧妙的與她的一位妯娌，相隔不久先後地產下嬰兒。她的妯娌一次接一次的生出男嬰，阿姨卻總生女兒，她的公婆盛怒之餘，不許她喝麻油雞湯，只允許她肚子餓時吃吃白米飯。公婆時常走進與她比鄰而居的妯娌宅邸中，熬煮一堆的補品給生下男嬰的媳婦吃。麻油香氣也就這麼隨著風吹進窗內，散發在阿姨的房間內。麻油味燻得她止不住的流淚。淚水與麻油成了一種委屈的印象，哪怕公婆已經辭世了，她仍深刻的忘不掉。

我恰巧在小姑生下長女的期間去她家小住。剖腹生產的她顯得虛弱，在護士建議下，她生產完一周之後才開始吃麻油雞。我聽見每天煮雞湯給她喝的婆婆對她說：「我知道妳的傷口尚未痊癒，沒有胃口，麻油雞的營養都濃縮在雞湯，不吃肉那就喝湯，麻油雞湯很好喝，重要的是它可以溫暖女人的子宮，幫助收縮恢復。」麻油雞湯確實是坐月子的一種標記，因為它的營養，因為它的美味；而我對於新生命誕生的想像與感動，也在麻油飄香時。

耐心，拼湊缺口

先生開雜貨店的的表哥送一幅拼圖給我們，張數未滿一百片，是某知名酒商周年慶的紀念版。在假日陽光透過窗子投射進來的客廳裡，為了怕人多手雜容易搞丟，我堅持一個人獨自完成。大家悻悻然的離去，我便開始著手拼湊凌亂一地的拼圖，用自己習慣的方式先拼出四個周圍，看著圖案，尋找，一片片地放在合適的位置上。

那一刻，我感覺自己回到了求學的往昔，在書局或文具店，總是興高采烈的買文具或參考書，隨手也將拼圖一併結帳，因為我每次都告訴自己：我要學習耐心，所以，需要拼圖的幫助。

我對「剛開始」總顯得執著，每一次的購買，我信誓旦旦保證絕對會完成完整的所有拼圖，再高高掛在牆上當擺飾，藝術得像正在展出的畫展。我拼完風景圖案中的，有時是月亮湖邊，有時是森林瀑布，散亂的拼圖漸漸少了，我幾乎就要相信，自己確實成功地完成了。為了改變「三分鐘熱度」的惡習，我真的做到了。可是，就在大功將要告成之際，卻差了臨門一腳，我的耐心如潮汐般，迅速地退去。我於是把拼好的、未完成的，暫時都收進盒子再放進抽屜裡，打算隔天完成，等到了隔天，心中便會盤算，再等一天吧，如果不行，明天的明天再完成，反正我有很多明天。於是，幾個明天一次次的輪轉過去了，等到口中所謂的明天真的來臨，就會發現，放在盒中好些日子的拼圖，經不起歲月的等待，它，遺失了好幾片，所以最終，我拋棄了它。

像一種很規律的循環，熱情、冷卻、熱情、冷卻。最終，我存在的熱情依舊是三分鐘熱度。只是，我發覺自己的心態變得很客觀。我想起那時候，我為了拼湊完成一幅圖，犧牲了許多玩樂的時間。我必須規劃好拼圖完成的時間，把所有可能阻礙的理由一一排除；我必須取消逛街看電影的行程，留住做這些事的時間。我的的確確付出過，這些努力不該因為失敗而蕩然無存。我相信很多人都與我相同，花費許多心血去改善耐心的缺點，得到的結果卻往往與付出不成正比。

我的先生對於拼圖有特殊的情感，年輕的時候，當沒有任何事情能使他提起勁，拼圖就成為一種休閒，在無聊慵懶時分，找尋遞補拼圖缺口，達到一種成就。

儘管如今我依然不排斥拼圖，卻還是對自己後繼乏力顯得束手無策。我是否可以一氣呵成完成一幅拼圖？當然可以，機率只是比較小而已。

觀望，用心去看

擁有良好視力，並不能保證可以精彩看世界。

這是我最近在生活中領悟到的一種心得，靈魂之窗，不僅僅要指引前方道路，更是幫助記憶的好幫手，將所見之物，深刻典藏心中。當然，視力不好可以依靠眼鏡輔佐，我認識的人裡面，甚至為了圖個方便，直接接受雷射，讓自己有個一勞永逸的好視力。

擁有好視力的人，是學生時代最崇拜被自己視之為偶像的人，不管距離多遙遠，看過去即可一目了然，望遠鏡在此顯得毫無用武之地。那時候看見他躺在地上仰望繁星，覺得好浪漫。如果躺在這種人身旁，問他看見什麼星星，是否認得，往往十之八九的回答是：「看得到就好啦，誰管它是什麼星？」陪他們看星星不必太過緊張，因為，到底看到什麼星座，他們也沒有研究，完全認為眼睛的存在是理所當然，沒有善加利用的必要。與生俱來的好視力讓他們樂於現況，因為滿足於活在當下，自然無法體會摘下眼鏡後，眼前一片模糊的沮喪感；我，甚至想追尋城市雨夜時路燈下的清晰風景。

年齡逐漸增長之後，對於美的事物有了堅持，對於只要看得見前方不在乎品味的朋友就多了點挑剔。沒有特別的喜好可以去尋找，不怕找不到，只怕連找尋的力量都想省略。有品味的人，通常見多識廣，能夠與人聊起來侃侃而談，他們的健談不見得需要高價的餐廳背景或是擺了一桌豪華酒菜，可能只是隨身攜帶的一瓶細沙，便能讓他神采飛揚的說出一座海洋。我到現在仍記得自己與眾不同的品味，讓自己即使臥病在床，鼻息依舊嗅得到鹹澀的海風。

與其如此，我寧可當個視力不完美卻珍惜眼前一切美好風光的人。我會努力把自己放在月光下的湖畔，「攝影」不見得是目的，卻一定將收進眼底的景物留在心中，因為這不僅僅只是景物，還有青春一部份美好的記憶。花樹倒映的湖面，春天、夏天、秋天、冬天，我能說出不同的變化，因為季節被我小心翼翼的記錄著。

我曾看過一位眼科醫師，高高壯壯，文質彬彬。前些年帶孩子就醫，我在一旁全程陪伴孩子視力檢查。看著孩子比著比著，最後左右眼分別停在0.6、0.7的符號缺口，我知道那是象徵他，開始朝近視邁向的一大步。當醫師與我討論孩子的眼睛狀況時，信心十足地要我馬上花錢配眼鏡，直說孩子的視力高達四百度。令我困惑的是，近視四百度的人，怎麼可能在沒有眼鏡的情形下，一路過關斬將到0.6、0.7的視窗。

我沒有聽從醫師建議，離開那家診所後，立刻帶孩子前往其他幾家不同的眼科，結果得到的答案都是：「妳兒子是假性近視，不需要眼鏡啦！」

近年來認識一位年輕的眼科醫師，對病人盡心盡力，為的只是照顧好大家的雙眼，能夠以眼藥水救回的度數，不到最後一刻，絕不鼓勵人們配戴眼鏡。他不在乎自己是否可以藉由賣出一副一副的眼鏡來賺取大把、大把的鈔票，這些彷彿都不重要，於是，有多少男女老幼在他的妙手回春下恢復視力，成為他在工作中最大的樂趣。他的至理名言是：「一旦戴上眼鏡，眼睛就完全救不回來；不愛惜眼睛，就提早學習盲胞可做的一技之長。否則，還是乖乖點眼藥水。」

看著他的幽默，我想起兩句詩詞：「梅須遜雪三分白，雪卻輸梅一段香。」梅花雖不及雪花的三分晶瑩潔白，雪花的香味卻不如梅花的一段芬芳。猶如以行醫救人為宗旨的醫師，雖然沒有賣出一支支眼鏡，賺取許多金錢，他的醫德卻能永恆的流傳在病患們的口中。因為感謝已經深入靈魂，與生活密不可分了。

我經常想起那位不可一世的醫師，他或許是一個向「錢」看的成功經營者，但，他可以讀金融，讀天文，讀地理，為什麼要讀醫科呢？

現代人總是強調眼見為憑，忙碌著賺錢，一味的追求慾望，哪怕是不擇手段。擁有好視力卻看不見道德淪喪後，背後被人們的批評與指責。所以詐騙集團如此猖獗，他們已經對良心，視而不見了。

滿足於表面假象的人，即使擁有良好視力，都錯失這彩色的繽紛世界。因此活著的每一天，我都不斷提醒自己，尊重、了解、珍惜，記憶每一幕人生的畫面。

閱讀著書，伴我走過從前

天才詩人楊喚，因為被繼母虐待，度過悲慘不幸的童年，我在網路上閱讀到他的生平，因為童年遭遇，所以特別關愛兒童，喜歡創作童詩。在那個人命不值錢，炮聲轟隆隆的動盪年代，詩人毅然決然的從軍報國，西元１９４９年跟隨政府來到台灣，心中掛念的，是寫作，期待自己在創作童詩上能持續不斷的堅持下去。於是，詩人走在重慶南路，那一整排都是書局的街道上，他的眼神發亮了，他知道創作的來源首先必須增加智慧充實知識，也了解自己沒有多餘預算購買書籍，所以只要一有時間，他便向書局報到，站著或坐著翻閱他沒有閱讀完畢的書籍。陽光瀟灑地擁抱台北這座城市，身邊的妹妹陪著我四處問人：「請問重慶南路怎麼走？」十多年前，姊姊常帶著我走在這條充滿書局的街道上，對我而言，這也是一條再熟悉不過的道路，卻因多年未拜訪而迷失方向，所幸在路人指點下，最後順利的找到目的地。我的家庭經濟主要來源是母親，為了照顧五個孩子，替遊手好閒的父親償還房貸，總是辛苦忙碌不停地工作。我們為了省錢，便利用假日徘徊在書局，姊姊比我愛看書，我們一本本看著，閱讀著，不必購買也能滿足求知的慾望。

我告訴妹妹，十多年前西門捷運站尚未通車，西門町徒步區也不是現在的樣貌。天橋一座座消失了，公車站牌隨著馬路規劃而部分變更，不變的是此處的繁華熱鬧，大量的人潮帶來無窮的商機。因為當初沒有捷運，我和姊姊只能坐將近五十分鐘的公車抵達中華路北站，逛逛西門町賣衣服的商家，然後徒步至書局街。不論晴天雨天，不論春夏秋冬，為了充實知識常常一待就是整個下午，再帶著疲憊踏上返家歸途。坐在公車內，搖搖晃晃的五十分鐘時光裡，我與姊姊頭靠著頭，雙雙沉沉睡去。

我在虛度日子中浪費青春，竟然忽略了，自己有多久不曾去台北書局街，又有多久不曾靜下心，品嘗夕陽下的書香味。直到迷路才發現，姊姊英年早逝後，自己便開始渾渾噩噩的過生活，已經不知不覺地，經過這麼多年了。

走進書局，店內因重新裝潢而改變書籍擺設，看起來書籍賣的比從前更多樣化，整體也更具現代感，我也察覺到，簡體字書籍很多，已經佔領到店裡面大部分的空間。我認為或多或少與陸客自由行有關，他們可以在旅遊的同時，順道從台灣帶回幾本書返國。可見得文字是具備魅力，無論時空背景或是男女老幼，只要從書架上拿起適合自己年齡的書籍閱讀，從書中得到的知識往往能讓人感到快樂。忽然，我想起楊喚，想起幾十年前那些個平常日子，他也是穿梭在這條馬路上，徘徊在書局間，用他青春彭派的熱情，溫柔地咀嚼著文字。

和妹妹走在夕陽下，看著夕陽下來來往往的路人，情不自禁的想著，夕陽照耀過古人，曾經照耀著楊喚，然後是姊姊、我與妹妹，未來，不論照耀在誰身上，它將依然在天空燃燒雲朵，永恆地見證人們短暫的生命。

花與葉的道路

唐朝詩人孟浩然在春曉中寫到：「春眠不覺曉，處處聞啼鳥。夜來風雨聲，花落知多少。」小時候背誦唐詩，引領我走進意境中，不是死背那些句子，而是讓我心領神會來自於外婆家那一方大自然教室。一花一葉一蝴蝶，一草一木一天空。期待的，喜歡的，還有山居時夜雨瀟瀟清涼愜意。聆聽窗戶被雨水敲擊的聲音，花與葉的道路，揣測著花花葉葉，不知道被大雨擊落了多少？室內蚊香裊裊。童年的我清醒著，卻彷彿已走入夢中，在孟浩然的春曉中，欣賞鳥語花香；觀賞落葉繽紛，相隔千年的唐詩，一瞬間，畫面忽然更清晰了，也忍不住嘆息了。

小時候沒有周休二日，除了國定假日及寒暑假外，還有一個可遇不可求的假：颱風。颱風不在春天發生，往往是七八月才開始形成，當時年紀小不懂事，常常抬頭仰望天空，盼望颱風可以來報到，並且順利在九月開學後來假期。自從台灣的夏雷以來勢洶洶的姿態出現，便不再喜歡期待颱風假的日子，覺得風雨變成了殺人無情的劊子手，滾滾土石流淹沒很多人們快樂與歡笑。那力量是無窮的，就像它浩瀚的美麗，只要一瞬間，滾滾河流便能沖毀成長的家園。其實，也不是不再喜歡，而是，不忍心。

我體驗到閃電傳遞的恐懼是透過聽覺而來。暗無天日的時候，當我的嗅覺被放肆的風雨包圍，迷濛的天地間形成詭譎的高危險浪漫，落雷一道道自天際畫下來，走在街道上，我覺得自己緊張的情緒快瀕臨崩潰了。直到躲進薰衣草香的咖啡廳；品嘗火鍋湯頭的麻辣感；在速食店安靜一邊用餐一邊享受閱讀的樂趣。只要，優雅的在室內逗留。與文字的重逢，心平氣和了，我的另一種溫馴緩緩升起，身心被這樣安撫的自己，不再衝動，只想與文字邂逅的時光，天長地久的分享心事。

每一場雨風吹的方向都不一樣，雨水的模樣千篇一律，我可以在不同的地方留下相同的水漬。走過的長廊；坐過的候車亭；出入的商家和大賣場，都是我髮上身上殘留的雨水，隨著足跡步伐，鮮明的紀錄著曾經的到此一遊。

我也記得小時候撐傘走過落花落葉狼藉一地的山中小徑，那一晚在外婆家過夜，雨聲中沉沉睡去。午夜時分自夢裡醒來，風的手掌猶霸氣的占領花園，花與葉的道路，花花葉葉一路緊貼著泥土地或柏油路，彷彿有隻手在一夜間摘下了這些花與葉，風聲雨聲相依相伴，徘徊在我觸目所及燃燒般的視野，所有風景範圍呈現濃鬱的薄荷色。幾盞路燈淒清地亮著，一陣陣夜霧湧起。一直很鍾情這種哀愁的色澤，貼於心靈之間，曾經以為這種風景將成為記憶裡大自然的一部分，永不消失。

於是想起金沙鋪成的極樂世界，那些花草樹木絢爛得讓人激動，肉眼看不見卻讓宗教信仰者無比嚮往的天堂。在我某些心靈深處，仍充滿無限想像。並不知道自己是否能夠上天堂，極樂世界的一花一葉一蝴蝶，一草一木一天空，是否與自己有緣？人生太短暫，縱使有百年稍縱即逝也猶如過眼雲煙，輕輕閉上雙眼告別塵世之際，此生一切作為會不會，在清明時節形成爬滿墓誌銘沾雨的戳記？烙印著這些戳記，花與葉鋪成的極樂世界，是否為我指引一條可以抵達的道路？

對抗疼痛感

大雨滂沱走過的地方，都會殘落一地花花葉葉，放晴的天空，陽光從雲端穿透而下，走過路邊的積水都得小心翼翼與它和平共存，深怕一個不小心會被粗魯的汽機車駕駛人輾壓濺起的水花淋濕全身。我覺得那一窪一窪的淺淺積水，很渾濁，裡面彷彿蘊藏飽滿讓人視而不見的細菌。矛盾的是，我喜歡雨季，喜歡下雨天，喜歡，雨水洗滌過，光滑如鏡的路面。這樣的空氣清新得猶如整座森林的芬多精都在伸懶腰，只是，這裡並不是很多高高低低的樹組成的一座森林，這裡只有幾棵整齊一致並肩排列的行道樹，這裡是大台北都市的街頭，大雨讓熙來攘往的行人與車輛顯得擁擠而從容，紅磚道飄散著依稀的葉子香，浪漫得像一則寓言。

必須走進雨中的街頭，多半有原因以及意義，比如說，上學或上班或約會。我不是以上敘述的三種，我認為自己走進雨中的任務要來的壯烈一些，因為，我要看醫生。

今年初，開始了牙齒的治療生涯，我還很年輕，已經是牙周病患者，想到治療會帶點疼痛以及淚水，終日裡便眉頭深鎖。為了減輕對疼痛感的擔憂，我刻意上網查資料，來到那家路上會經過杜鵑花落滿一地的大醫院，結果也沒讓我失望，雖然仍有疼痛感，倒也還可以挺得住。牙周病痊癒後，牙齦以一種鮮艷又健康的顏色在鏡子裡對著我微笑，我原本失去的信心與勇氣回來了。我的牙齒本來就排列得整齊漂亮，我終於可以再次肯定自己：看啊，看我的潔白牙齒。

同時我也知道還有必須根管治療的部分。

為求方便省時，根管治療我選擇了住家附近的牙醫診所。不輕鬆，即使櫃台掛號小姐知道我怕痛專程幫我安排溫柔的女醫師，我還是因為疼痛，惆悵出現在情緒裡。在治療過程中，我始終覺得困惑，對於不斷捲土重來的疼痛感，「溫柔」的意義究竟在哪？只得安慰自己，也許是對疼痛的忍受度，每個人看法不同吧。

因為我知道，有些人就是不怕痛。我很羨慕朋友純玉可以在根管治療中，將抽神經視之為一種享受，享受到睡著；我的神經被抽出時的過程有著難以承受的痛苦，因為蛀牙的時間太過長遠，麻藥的吸收效率不高，有好多次忍不住疼痛而驚聲尖叫，當然，女醫師馬上就住手了。「那顆牙，因為蛀牙太深太久，所以一打開來，裡面瘋狂的在冒血⋯⋯」女醫師蹙著眉解釋著，下了結論：「很棘手。」這些困難在女醫師口中輪番上陣，聽著聽著，我的信心又萎靡了，很想放棄，但是一想到母親聽見我在治療牙齒顯出寬慰的神情，唉，怎麼說呢？不得已，只能繼續忍耐下去了。而一旁機器的刺耳聲也漸漸溫和，想起牙周病在大醫院治療也是這種聲音，這種原本陌生的旋律，越來越熟悉了。

熟悉的，還有窗外的雨。我向透明玻璃外面一眼望去，雨水開始放肆，水珠依舊爬滿透明玻璃空間。我想著：等一下走進雨中，要如何讓牙齒吹吹風；忽然又想到，在這場抽神經比賽中，疼痛感是勝利者，悲哀的是，我卻不能放棄與它對抗。

冷卻前，溫暖的陪伴

颱風夜，漫天冷雨不盡的灑落，我倚窗看著路燈映照下的豪雨，飛斜迅速地下墜。老公拿起我的皮夾，往裡面張望，他說：「沒有錢了，要趕快去領，怕越晚風雨越大。」我遙遙地望向對街被強風豪雨吹打彎得直不起來的行道樹，二話不說馬上拿起外套，以行動說明一切，現在去領就是了。我陪妳去，老公一邊說一邊整裝待發，準備伴我走過深深雨夜。

也許是颱風的關係，許多店家提早打烊，入夜後的街頭只有路燈及幾家仍營業的便利商店，微弱的光芒讓街道顯得更孤寂。我們涉水經過一家燈火通明的雞排店，雞排店兩旁及對面的商家全部已熄燈打烊，一整排漆黑的街道，使得雞排店看起來格外耀眼，就像在黑夜的海上點燃的一盞燈，指引了遊子們歸鄉的方向。

老闆沒有打烊的動機，酥脆油炸的香氣瀰漫在空氣中，攤位上擺滿各式各樣任君挑選的油炸品。

我記得自己購買的第一份油炸品，不是雞排，雞排的價格比較高，所以我都只買甜不辣，甜不辣很便宜，只要十元就有一大包，容易滿足貪吃的慾望。

當時的我常利用放學時間，買甜不辣回家分享，從姊姊到弟弟到妹妹，大家都對我的放學開始感到期待。只有一道甜不辣，便能讓我的手足們食指大動，讚不絕口的說好吃，因為家中不曾有這樣的菜色。我的父親一生遊手好閒、不務正業，家中的日常用品與房貸占去了母親大部分的薪資，母親把時間都犧牲在加班上，然而多半還是不夠家用。那時還沒有營養午餐，對於家中沒有準備便當的，學校一律採取訂購便當的方式，一個便當三十五元，我沒有拿母親給的錢訂便當，飢腸轆轆地度過中午，三十五元被我分成兩部分，十元買甜不辣，二十五元存著，等待繳交班費或其他學雜費用的那一天。

漸漸長大有了工作能力之後，我開始大方買雞排請家人吃，只是沒有多久姊姊就罹患了血癌，在醫師吩咐下，姊姊被迫取消了享受這些美食的自由。那夜一樣有雨，經過鹹酥雞攤販時，忽然想起她已經好久不曾品嚐了，於是買了一份雞排，那是個風風雨雨的夜，我的腳步卻異常輕快，我心中只有一個念頭，想在冷卻之前，趕快把雞排放進姊姊手中。我果然身手變得矯捷，回家後，像小飛俠飛也似地進入房間，再偷偷的把雞排塞進她手中。那晚在我把風下，她開心滿足地吃完了。那是我記憶中，對她生命最後一段歲月最懷念的美麗畫面。

從此，只要嗅到雞排味，我便情不自禁的想起她，想起那個躲躲藏藏的風雨夜。

領完錢走出郵局，風雨明顯增強，傘幾乎握不住。我看見那家雞排店的人潮漸漸增多，從前的我也常在排隊中等待；也常在醫師建議下言聽計從，只為了等待姊姊健康地走出醫院，等待她回家團圓的一天。等著，等著，只是姊姊終究還是過世了。年少的我在衣食匱乏下成長，雖然飢寒交迫，但是相依相伴的那些年，我覺得很快樂。

現代化，手機

我的朋友勝鴻打了通手機找我，開震動的緣故我沒能來得及接起，他喜歡浪跡天涯，用手機上傳他漂泊的足跡，也向我要LINE，順便可以選個閒暇時光，好好利用現代科技聊天。他說他慣於一個人的旅行，所以當他來到陌生環境，從當地的美食、土產到景色，縱使它們是無聲的，他將不放棄任何一個陪伴的指標，每天空氣升起靜謐的光陰都有了啞巴的幻覺。常常，想找個人說話，滿足一下意猶未盡的感覺。

曾經有一次，好友宥婷也曾經詢問我LINE的帳號，「我真的沒有申請帳號，」我解釋著：「等申請好了再告訴妳，好好聊聊天。」她和勝鴻也有不錯的交情，也許兩人也常在私底下以LINE聯繫感情。當我一個人在安靜的時光寫稿，我不喜歡被人打擾，也害怕喧囂，總是將手機關上鈴聲開起震動，度過一個人的向晚。在這樣的安靜下，我會在寫字疲憊時刻上上臉書，看看朋友的動態，最近，朋友宥婷有一些人生智慧，讓我增添不少啟發，我常在臉書上看見她那些陽光般的文字，有著正面的力量，時時刻刻撞擊著自己的心扉。我一直覺得自己最近的感傷能得到抒解，和她的心靈鼓勵有關係。是宥婷的話安慰了我，使我在孤寂的慵懶白晝中，內心充滿溫暖。

網際網路是很生活化的用品，它可以貼近人與人之間的距離，很多時候出門在外，必須排隊等待，時間漫長難熬，難免心浮氣躁，在光陰悠悠的滑動中，我最愛的就是可以上網觀看國內外大事的智慧型手機，藝文版的風流雅韻，消費優惠的情報活動，記在腦海中。特價的商品和潮流，演藝圈內的人情和甜蜜，增加成生活氣息。這個時候，不論外頭是百花齊放的春季，還是霧鎖寒雨的冬季，我都有了身為高智慧人類的優勢條件，而沉浸在幸福中的光暈。

手機是記憶裡告別時代變遷的一種代表，我現在仍記得，陽光裡，大老闆手中的大哥大。行動電話融入社會的二十多年前，台灣還是個看不見太多大哥大的時代。我在高中夜校求學的時候，班上許多同學是人人手持一個B・B・CALL，課堂上，這裡「嗶嗶」，那裡「嗶嗶」是家常便飯。班上交男朋友的女同學不少，那些多半是男朋友捎來的愛意。夜校女生將「談戀愛」視為食衣住行育樂的一部分，上課時當然也不可或缺，必須貫徹始終。每人一個B・B・CALL，聲音此起彼落，課堂上出現節奏感，熱鬧滾滾像在音樂教室裡上課，老師忍無可忍了就會發出警告：「沒關機的同學，再讓我聽見聲音，我就要沒收。」就算多了被沒收的風險，同學還是捨不得關機。

手機在我畢業多年後由科技裡走出舊時代，可以上網的條件出現了，訂票購物的條件也出現了，傳統手機像我青澀年華般，走入歷史，儲存了一段樸實往昔的記憶。也許有朝一日當人們打算開啟這塵封已的從前，回顧展會重新啟動曾經的點滴人生。科技或許帶來許多方便，卻也有很多懷舊的風景，再也回不去了。

人生的味道

「要去冰去糖嗎？」每次站在飲料店櫃台前結帳，店員總會以確定的語氣問話，我常因此感到愉悅，不是的，一定要溫熱正常甜度，人生就是要有這種味道，才有力量向前邁進。

小時候飲料種類並不多，加上家中經濟理由，過年的意義是家中購物的動力；過節的傳統是置物的動機。每一次消費，記憶便留在不同的年代；每一次品味，增長了智慧與年歲。第一次購買一整箱的飲料，我還沒有上幼稚園，還記得是七月，為了農曆普渡，父母親破天荒買來一整箱蜜豆奶，放入空房間，特別囑咐祭拜過後才可以打開來喝，我偷偷溜進去，我沒有喝過蜜豆奶，我好想喝喝看，聽說它香香甜甜又好喝，鄰居小朋友都喝過，電視上廣告也好動人，我的背影小小的，只能站在飲料前發呆，期望趕快祭拜完畢，品嚐大家口耳相傳香甜的蜜豆奶。在這之前父母親不曾買過飲料，況且還是一整箱，口渴時我們都喝白開水，夏季裡消暑，母親會熬煮一大鍋綠豆湯。從外面滿身是汗走回家，冰箱裡有母親冷凍好的綠豆湯。母親的愛，是夏季裡綠豆甜湯汁的味道。

艷陽高照的白晝，山中蟬鳴刺耳的聲音此起彼落，聆聽著，疲憊的心態夾帶遊戲過後返家的步伐，於是顯得更沉重了。我和手足們圍坐在一起，面對面的說說笑笑，炎熱的空氣散播冰冰涼涼香甜的氣氛。汗流浹背的感覺不再持續，異口同聲的說著「綠豆冰好吃」。我卻覺得功臣不是綠豆冰，而是母親熬煮綠豆湯的耐心和那一雙手。背景的聲音是蟲鳴，當雨季放肆的延展在窗外，水流吟唱的旋律，則是另一種感官的刺激。我相當喜歡淙淙流水聲，大自然彷彿在微笑，雨後的光芒映照出覓食動物們的身影，生命力展現出渾身解數，博取這座森林的歡心，所以，地平線上這蒼鬱的領土，顯得熱鬧滾滾。我曾在病中煎熬的雨中從床上起身，高燒令我全身發熱，我走向冰箱，取來冰冷綠豆，甜度與溫度縱然無法丈量，倒是舒緩高燒帶來的不適。

我的一個朋友很年輕就結婚生子，日子過得很快樂，丈夫疼她，子女孝順聽話，雖然婆婆與她的關係有些緊張，她每天依然安分守己知足常樂，從她談笑風生的電話裡，我聽出她那甜甜蜜蜜的情緒。生活的每一秒鐘都慫恿著她，使她時時開朗時時雀躍。她常說自己並不後悔走入婚姻，也許丈夫偶爾不夠體貼；也許夫妻倆生活會有摩擦。我聆聽她安於現況的動態，她忽然問我：「妳快樂的時候，會不會覺得連空氣聞起來都有香香的甜味？」我驀然明白了，喝著加糖的液體，味覺會有滿足感，人們卻不盡然能認同，覺得過甜是健康殺手，熱量的隱憂，其實，只要生活著，都渴望幸福充滿每一秒。營養的價值也許見仁見智，生活的味道與味覺，卻多半永無饜足，糖，加得越多越好。

那天去買飲品，我點了一杯溫熱奶茶，陪伴在旁的妹妹很訝異，那是炎熱的夏季，不必奔跑，汗水都能逼出體外的高溫日子，想不到我沒點冰飲。「女人少喝冰冷的東西，身體比較健康。」我信誓旦旦的說。比起溫度，當然，我也堅持味覺，有味覺的生活，才有力氣踏出下一個步伐。

走入拼出的世界版塊

我喜歡旅遊，旅遊可以增廣見聞。朋友Sec說。

他是個雲遊四海的朋友，在照片裡留下的笑容，像開滿柏油路兩旁的木棉花，細雨惆悵的春天，我依然看得見他溫暖有力的喜悅。總是回憶裡的春夏秋冬，在顏色鮮明的晴天海洋或雨中霧色，與自己征服天下的野心相見，說不清的成就像眉飛色舞的雪白寒梅，即使隆冬，依然四面八放地釋放梅香。

假如老去之前，能完成環遊世界的舉動，站在北極圈的雪中，或者坐在南洋島嶼的椰子樹下，生命，是不是能因為有意義而更完整呢？

明池的清晨漫著濃霧，有空，走一趟吧！朋友說。

我沒有去過明池，只在那片朦朧的山林照裡，感覺一陣詩意。

朋友說那天早晨清醒，他走出飯店的大門口，看高山樹木霧來霧往；看不大不小翻飛雨絲；看這個風景區在雲霧繚繞侵略下，一塵不染，安詳恬靜。同時，也見識到旅遊人的優雅、自在、雀躍、從容不迫。他打算在生命走完之前，踩出自己的世界版圖，鮮明的個人江山。他曾說自己是腳踏實地不屬於浪漫的典型，而我猜測，旅遊本身就是他的浪漫吧。那棟造型古色古香的高聳建築物，切割了天空，而他只是用清幽的文字寫下驚嘆，一首詩，在世紀末矗立明池輪廓，也許到了下一個百年，仍可以流芳。

這或許是一個淡雅的人間，卻不是虛幻的仙境。

走過蝶影依稀的古道；緩緩踏上小橋流水的斜坡，詩情畫意的氛圍，流瀉在鬢角，吹拂過衣袖。

夕陽西下，稻穗黃的光芒撥開了霧，甦醒了一座山的靈魂。一邊聆聽高山泉水，一邊散步詠涼天。倘若聚集一些文人騷客，也許可以醞釀一部春秋史。

明池別館，而我的朋友來到了，他是一個文人，也是一個騷客。

如果文學是一張地圖，那麼散文是讓人心靈變得柔軟的綠草地；新詩則是一片看著便能遼闊的碧海。在如此令人迷醉的沁涼微風中，甚至起了錯覺，以為在小徑轉彎處，將會與四海為家的朋友重逢。

其實，我與他是大相逕庭的兩個人。我的個性放蕩不羈，而他生性內斂，若彼此面對面坐在竹林深處煮酒論詩，能否擦出文學的燦爛火花？

亦或容易意見不合起了爭執而形同陌路？

不知道呢！自從認識他以後，整個地球儀開始立體了幾座島嶼，他就像是指導我地理的老師，教我認識了天涯的芬芳；他也是我散文與新詩的養分，下一篇文章誕生前，先幫我播土與施肥，好迅速開出文學的果實。

他有陽光的親切，我有月光的浪漫。他用耀眼光芒帶來的溫度，把自己走過的五大洲，照亮了，而我只在入夜時分，用柔美的心跳，溫習一遍。每確知一次，他走過的某個角落便燃亮了，彷彿也走出了一座迷霧之中的夢幻迷宮，成就一種不為人知的喜悅，等到獨自完成這種神秘的拼圖遊戲，直到照片裡明池傳出水流聲，於是，藉這一張照片，仍然可以心滿意足地完成一場旅行。

我們會愈走愈遠，沿途的風景會擴大知識的版塊，然而此刻，木棉花開，讓我陪著他行走的足跡，跋涉。

花花世界

我的朋友曾杰很喜歡幫花朵攝影，最近忽然在他的網站上更新放了許多遠景照，他每天都會出去找景點，發現要找到一個符合自己理想中的風光，並不容易。這不只是他的心得，我認識很多攝影師，都有這樣的感慨呢。

那天，曾杰和我在網站上討論照片，聊到我需要的桂花主題照，我在他的相簿裡並沒有找到，只好直接問他。「我沒有拍過桂花」他問：「有什麼地方可以拍得到呢！」

我想了一下：「嗯，沒關係，用你現成的照片，搭配其他主題。」我向來不喜歡麻煩別人，這次，換個主題，一樣可以把璀璨的圖片，呈現出來。至少，他依然會去找景點拍花，只是安靜拍攝，並不會動手，蠻橫地把花從枝葉上折下帶回。

鮮花，常常因為鮮豔反而成為愛花人士攀折的理由，這是很奇怪的事。

幸好，他只是拍花，並不摘花。

我記憶裡的桂花樹，矮矮的，很袖珍。花朵一年只在一個季節綻放，彷彿被歲月訓練得擅長等待了，散發著寂寥的幽香。「桂花是叔公用心栽種的，千萬要愛護它。」童年的我總被母親這樣叮嚀著，有點像一則人生的暗示。可是，當我漸漸長大，桂花樹離自己愈來愈遠，我再也沒有辦法佇立於秋天，嗅嗅它的香氣了。

就在都市漸漸走向繁華，花的市場也逐步佔領消費區塊，不管是那一種類的花，只要不受季節控制，從一朵到一束，大部分都能滿足需求，自用送禮兩相宜。沒空去欣賞大自然的花季，不妨走一趟花店或花市，保證能讓人帶回滿滿的喜悅。

也是在那段時間，我在電視上看見了桂花酒，顏色看起來誘人，只是看著，彷彿已經酒意醺然了。螢幕裡迎面而來的夕陽，從山頭斜斜探照著，冷清的與落了一地的楓葉成巧妙的映照。看那一瓢瓢釀製的醇酒，被秋天吹出了詩意。從那天起才知道，原來桂花也能釀一甕一入愁腸化作相思夢的好酒。

多年前，當我還是學生，曾經看見同學將花放在書頁裡，壓得扁扁的，一段時日過後，花不但沒有枯萎，形狀更特別更優雅了。她們說這就是壓花藝術，只要一本書，誰都可以把花朵，簡單地製成標本。由於不是每種花都適合製成標本，也不能摘採，我喜歡看花朵掛在枝葉上，迎風搖曳的模樣，覺得大自然的一切都該被保留，因此，我留意到飄落地上的葉子，便開始撿拾地上的落葉，夾在筆記扉頁。我期待秋天象徵惆悵的楓葉，一併把多愁善感，送給自己。

我的朋友曾杰不喜歡摘花，但是他喜歡拍花，用鏡頭，把花花世界紀錄下來。花朵縱使走出了季節，也能憑一張照片，走入明日世界。我喜歡靠近攝影師，希望能從窗口窺見未知的景觀。那必然是陌生的，充滿嚮往，卻也無限驚奇。我習慣欣賞完畢，給予回應，至少，感恩他們的付出。

我努力讓自己成為一個合群的人，拓展新的人際關係，因此得到不少人給予的「視界」。如果欣賞者都不給予掌聲，也就關閉互通有無的那扇門。我們應多給予感謝並讚美，讓他們在攝影的興趣之中，找到另一種肯定自我的價值。

風雨清晨

也許就是驟雨赤腳行經窗台，沒有原因，自夢醒來後，輾轉難眠，卻又不想起身。

獨坐在房內，不知道窗外的是夜雨；還是晨雨？玻璃因雨拍打，咚咚作響。前幾天仍酷暑懊熱難眠，此刻，卻有「秋楓葉落太湖心」的涼意。

為了見識到一場壯觀的豪雨，我努力戰勝賴床的惰意，走到客廳。看著牆上時鐘的秒針，不疾不徐地走動。

原本弄不清時間的，被雨喚醒起身後，能夠確定，窗外，這是一場晨雨。雨，竟是來報時的。

薄霧起得浪漫柔軟，像分散的棉花，彷彿如果集中起來，便可以躺在霧色中安眠了。那些涼爽水氣，一定能製造一場繽紛好夢。

行道樹的腰脊仍未挺直，我站在開啟的玻璃窗前，端著一杯剛泡好的熱拿鐵，看風吹了又停，停了又吹，短暫的風雨停歇，景色反而是更加地虛幻瑰麗。

然後，又開始風風雨雨了。

雨敲打在杯緣，敲醒陶瓷的記憶，曾經是土，用情窯燒，用淚上釉。擁抱咖啡的陶瓷，於是化身為鼓，讓雨鳴擊。它是杯子，也是樂器。

太陽睡得很沉。

黎明，天緩緩亮起，晨光映白客廳地板。憑著方才對景色的深刻，我知道窗外路旁的行道樹已然傾倒，像一名保家衛國殉職的戰士，那麼，我眼中沒有倒下的樹影，是靠它全力一搏擋住風雨保護的囉！

咖啡因對我沒有影響，我睡眼開始惺忪。

一種感覺拂面而來，隱隱約約，真真假假，感覺清爽的，冰涼的，就是……一種流動。

我再度驚醒，非關咖啡因的提神。

睡神似乎遠去，精神氣色振奮，我伸伸懶腰，暖身著，也許，不久之前的瞬間，是那回事。像保存一個祕密，我知道，但我不說。

髮梢猶殘留著痕跡，風聲、雨水、薄霧、咖啡香、樹影，交融成甘甜的味道。人生，可不正如一場調著味覺的饗宴？我想，也許這甘甜等待著秋楓，那麼便可證明早晨瞬間的流動。

秋天的手，撫摸了我的臉龐。

過年心，紅包情

二〇一四年的春節腳步到了，我發現，街上賣春聯的攤販少了，大賣場採購的人群也大不如前；電視綜藝台縮短了春節特別節目的時間，這個年，過得愈來愈沒有味道了。

「沒有過年的氣氛。」玲瓏在臉書上發表心情：「小時候有舞龍舞獅，現在都沒了。」他小我兩歲，和我走過相同的年代。小時候的年味，舞龍舞獅確實是過年傳統的視覺背景，也是喜氣洋洋的一種象徵。

而過年，總與紅色金色離不開關係。

紅色，最具代表的就是紅包袋了，喜慶宴會少不了它，過年，小朋友只知道，它是放置壓歲錢的物品，是一種不可或缺的過年周邊商品。小時候的紅包袋顧名思義，大多都是紅色的：成年以後，紅包袋的種類變得好多，金色燙邊或是紅底金邊設計感十足，繡上龍飛鳳舞或是卡通圖案的祝福賀語……等等，玲瑯滿目，也是一個新時代的象徵。

雖然已經是中年了，我的生命中仍離不開與壓歲錢的關係，童年與成年又可分為兩種心情，一種是收壓歲錢，另一種則是發放壓歲錢，有意思的是，前者已經在歲月中消逝，後者卻接了棒次，繼續在我的生命中，一年一度的旅行。

我在家中排行老二，為了拼湊家中經濟匱乏學費的缺口，從小就被耳提面命，壓歲錢要主動交出來，等待開學後，應付必需繳交的學雜費。曾經，在母親外出工作當上職業婦女的時候，遊手好閒的父親在酒癮發作之下，從抽屜內偷偷拿走存摺領出她辛苦存下的十幾萬元。我雖然讀私校，可是那十幾萬，我還真是一毛錢也沒有用到。大概是母親的能力走到了盡頭，親朋好友於是紛紛出主意，得休學去找份工作，才能夠有足夠的本錢念書呢。母親看著十六歲尚未擺脫稚氣的我，只能忍痛放棄讓我繼續升學，心裡盤算著，等收入穩定了，再讀書也不遲。工作約半年，起薪是一萬六千元，六千元我留下來當班費或三餐等等費用的錢，而一萬元給了母親，當作託付她保管，是我未來的學費。「我一個學期的學雜費是兩萬兩千元，半年下來我給了她六萬元，綽綽有餘了。」天真的我還想著：「其他多出來的可以給媽媽當生活費。」

我上班後的第一個過年來了，年終獎金老闆給了我一個六千元的紅包，我規劃著這筆錢的運用方式，母親悄悄上前提醒我：「要留著，要留著繳學費，不然就沒有辦法完成註冊。」

那一刻我才知道，每個月的一萬元，母親全拿去當生活費了，她當初和我說好的條件，自動取消，她，食言而肥了。

這挫折當然影響深遠，從那個時候開始，我對她所做的承諾，開始採取保留態度。也是從那個時候開始，家中長輩以「我已經可以賺錢了」為由，自動自發取消了我那一份壓歲錢的福利，彷彿是在提醒社會大眾，這個小女生自即日起，紅包將不可思議的由三位數升級到令人嘆為觀止的四位數。我還太年輕經驗不足，年終獎金其實是不太多的，然而，對貧窮多年的家人來說，四位數，確實很高尚了。也許是更懂事了，從那以後，我想包紅包給父母的念頭，漸漸強烈了。從收紅包的小朋友，變成發紅包的打工族，多年不見的親朋好友，再次相聚聊天的內容都是：「哇，會工作賺錢了，我們都被孩子追老了。」我轉頭看向母親，母親微笑得很幸福，我也就感到了小小的沾沾自喜。

還是童年時，每一次領壓歲錢，初二母親回娘家，帶著我們幾個孩子一起去拜年。我領完外婆發的紅包，迫不及待跑去巷子右側那家「柑仔店」買尪仔標、紙娃娃。因為沒有零用錢，領壓歲錢無形中便成了殷勤盼望的一件事，都會計畫著要添購平常沒有機會也買不起的玩具。縱使想要的玩具是那樣的便宜。於是，等待過年的腳步到來，花點壓歲錢讓童年延續歡笑聲，是每年都會期待的心願。

我的壓歲錢少得可憐，在國中之前，所有紅包加一加，只有六百元的收入，因此領壓歲錢的日子，我只能用小額成本，買下大大的快樂。直到國二開始，不知道是不是叔叔大發慈悲，我的壓歲錢忽然被提高了，我喜不自勝地將紅包緊握著，愛不釋手的程度彷彿擁有著怕被人搶走的稀世珍寶。

但是，父親不工作，沒辦法禮尚往來回送一個紅包給叔叔的孩子。

「妳們每個人從紅包袋裡拿兩百元出來。」父親交代著：「妳們有五個兄弟姊妹，叔叔只有一個兒子，如此一來就可以湊出一千元，包給妳們的堂弟了。」父親說。

我們家窮歸窮，孩子們個個聽話老實，父親的話是聖旨，大家是絕對的唯命是從，也不會多心的去思考，父親這種動機的由來，後來我漸漸明白，父親的錢是管酒喝的，他的錢只能用在自己身上，其餘的生活開銷，包括孩子們的註冊學費，跟他一點關係都沒有。

每一年到了歲末，開始放寒假，大家都在替壓歲錢倒數計時，我拿出紙和筆，寫下最想要的東西，滿足虛榮。

成年以後，每一次過年，我必須準備紅包。發放紅包，象徵遠離的童年以及逐漸老去的事實。

大概是走過物資始終缺乏的童年，我對孩子們，竭盡心力想給他們一個無憂無慮的快樂童年。經常，我用童年渴望壓歲錢的心情，規劃給孩子們的數目。孩子們的壓歲錢確實比我當年高出許多，他們也不必捐出壓歲錢來繳交學費；他們的壓歲錢在過完年後會存進我幫他們開的銀行帳戶內。

比起我，他們，確實幸福多了。

經濟不景氣，過年，愈來愈沒有味道了，少了舞龍舞獅的味道。玲瓏說。

而我的一個遠房親戚，卻在一個過年過節的日子，家中忽然闖進了幾個舞龍舞獅的不速之客，透天厝的大門沒有關上，他們通行無阻地進了室內，遠房親戚這個屋主的一家人措手不及，連忙包了幾千元紅包希望他們速速移駕，只是紅包內的數字不能滿足他們，舞龍舞獅儀式持續進行。

遠房親戚不得已，只好添加幾張大鈔在紅包內，上看萬元，才順利送走他們。現在的過年，每當舞龍舞獅的節奏感響起，那位親戚家一定大門深鎖，靜寂地像座鬼屋。仔細想想還是挺慶幸的，他的地理位置不屬於四大鬼屋的任何一處，否則金錢運已經缺乏了，還嚇跑財神爺這可怎得了。

很多長輩都以過來人的口氣告訴我：「換工作等領完年終的大紅包吧。」也有人說：「年終獎金沒看頭，想換就換吧。」曾經，領年終獎金之前，我會很希望財神爺來當我的好朋友。財神爺有沒有來，見仁見智，只是我常有一種感覺，覺得我們是用紅包的大小，來決定拋棄老闆的良辰吉日。

大伯的孩子很懂事，白天念書，晚上打工，工讀生的身分並非正職，所以年終獎金不構成吸引力，倒是吃苦耐勞的精神成就著度過了每一個工作的日子。他問我今年可不可以帶我家老大老二出去玩，利用壓歲錢買些玩具回來。我詫異的看著他「當然可以。」我說：「注意安全就好啦。」他在我的支持下，快樂出門去了，兩個孩子笑聲更爽朗了。大伯的孩子很獨立，對我的孩子相當疼愛，旁人都看不出是堂兄弟的關係，還以為是親兄弟呢。

曾經，像是無法掙脫的宿命一般，我在童年的壓歲錢少得可憐又必須捐出來繳交學費，然後，體內的細胞也以不認命的方式企圖扭轉命運的乾坤，因此認真工作，薪水不多又讓我成為一個等待財神爺降臨的女子，幻想有著怎樣的大紅包，紅包內又有多少的現金。

如今，我擁有紅包金額的決定權，可以像個聖誕老公公在襪子內放夢想的禮物，只不過襪子和禮物變成了紅包和鈔票。今年，我普遍提高孩子們的壓歲錢，想看一看他們的嘴角在年節的氣氛裡，會揚起怎樣的微笑。

調味一鍋酸甜苦辣

寒冷的風雨中，總是衝動著，等待比較空閒的時候，要大快朵頤一番，到一間出名的麻辣鍋店，趕走寒冷，品嚐湯頭下，暖意自口中流入咽喉逐漸占領全身的感覺。這些年來很流行臭臭鍋，擺脫傳統風味，沒有複雜食材，只有幾片葉菜類與火鍋料。沒有多樣生菜沙拉可以吃，沒有升級版的生猛海鮮可以挑，菜單加點的類別不多，吃來吃去還是那幾樣，缺乏豐富性，看不到張牙舞爪的龍蝦，連果汁選擇也相當有限。我覺得那是袖珍餐點，感覺自己的胃很袖珍。

雖然我總覺得菜色單調，倒也挺喜歡這種食物餐點，只要可以坐在窗邊，像下午茶一樣的悠閒，有浪漫的裝潢，最好連餐具都頗具品味，還能看見來往匆匆的行人與車輛。安靜沉思，在一盞盞點亮的華燈中發呆，再心滿意足的微笑，結帳前要有餐後甜點，不加冰塊的綠豆湯或仙草蜜。這是我理想的麻辣鍋進行曲。居住板橋的妹妹剛與同學聚餐回來，我問她去了哪裡，她看起來神采奕奕，雙眼閃閃發光：「我們去一家火鍋店，吃到飽的喔。」

吃到飽？我思索了幾秒鐘。有目不暇給的新鮮菜色嗎？還是，單純提供吃到飽就可以了的那一種服務？看我滿臉疑惑，妹妹進一步說明，就是吃到飽的火鍋店，有多種菜色，應有盡有的那一種。開幕了一段時日，服務態度不錯，有很多的生猛海鮮，雖然不是活蹦亂跳的，但是很新鮮。我想了想，恍然大悟：「妳去吃大餐，開在哪裡？妳也太幸福了吧。」

「妳不知道那家店啊？那麼，下次一起去，那家店高朋滿座，應該可以屹立不搖，它，開在板橋。」妹妹顯然認為我是個落伍的都市人。

沒錯沒錯，我必須承認，走入婚姻之後我就不常交際應酬，覺得自己不必認識太多朋友；生產過後又被小孩的時間控制了生活方向，對於居住的城市開幕了哪些商店，無法興致勃勃的去打聽。

妹妹說有一年吃尾牙，公司安排在一家大型連鎖分店的涮涮鍋店內用餐，正好碰到其它桌客人點蝦子食用，便看見水族箱裡熱鬧滾滾的魚蝦，穿上製服的廚師用網子，熟練的撈起蝦並用長竹籤串成一串。蝦子已經被固定了，還在激烈掙扎。我想起古時候的酷刑，替那些蝦子感到疼痛。許多喜歡吃活蝦的饕客，重視新鮮帶來的美味與健康，有些人吃了不新鮮的海產類，會拉肚子或過敏，雖然不見得每個人都會，有些人就是不放心。於是店裡引進了大量活體魚蝦貝類，用餐的人潮洶湧。妹妹開始用餐，同事對蝦子很好奇，點了蝦子瞧瞧，就這樣，一盤盤成串的蝦子上了桌，順便也帶來了海洋的味道，有漁船停泊港口的嗅覺。「因此。」妹妹說：「坐在市區的涮涮鍋店內用餐，距離卻彷彿與大海僅有一牆之隔，近得不可思議了。」

有段時間，我吃素的朋友小鄧愛上了涮涮鍋，四處打聽下，打了電話給我：「妳要不要一起來聚餐，雖然是素食火鍋店，但是湯頭和菜色都多種口味可以任君挑選喲。」她接著說：「是吃到飽的，來之前，不要吃太多東西嘿。」言下之意，我好像也不能說NO了。她都已經聲明，去之前不要吃其他東西了，我也只好順著這股氣氛點頭答應。話說回來，不論是哪家店「吃到飽」都是一種充滿期待的想像，想像著餐檯上，食物和果汁是怎樣的五花八門，像那種一成不變，毫無想像空間的品味商家，比較適合步調繁忙沒時間慵懶的上班族。

我對吃並不講究，先決條件是不可以太難吃，吃到飽的涮涮鍋正好符合我的需求，只是這種店家並不是四處林立，恰好是開在離我家有一小段距離的區域，我懶得驅車前往，住家附近的店家也就順裡成章，變成我最常去的地方了。我相信很多人的想法和我一樣，除非是約會聚餐那種重要日或紀念日，否則，當距離遙遠時，一般人不會捨近求遠，只為了一頓大餐。

關於火鍋，還有一個印象，是與牛排有關的。那一年，姊姊參加高中聯考，成績不錯，上了國立的好學校，雖然不是高中，只是一所職業學校，她倒也興致勃勃，保證自己可以讀得有聲有色。就在這種自信心之下，進了職校。她每堂課都出席，儘管「學長」，「學姐」，「同學」這一類的聯誼，她躍躍欲試，成績卻也可以保持在最佳狀態。同學們居住地不同，來自四面八方，在此時，文字就重要多了，信紙是搭起友誼橋樑的角色，連接南北兩顆溫暖的心。

她忙碌於寫信，又怕辜負母親對她的期待，她於是像個運動員，身手矯健的彷彿可以左右進攻。紙條傳書的時候，她赫然發現，時間是可以利用的，利用自己的時間，背英文單字也行，或是歷史與地理等其他科目。那是一段分秒必爭的歲月，隱身在幽微情愫的關係中，長長的或是短短的書信，充滿愛的能量，閱讀時總要回味再三。她與同學傳遞書信，藉此訓練文筆，交換的心事，說出日子的喜怒哀樂，偶爾會探討不明瞭的題目，彼此指導，沉浸其中順便瀏覽考試範圍的重點。她果然成為一個成功者，成為在聯誼中成績紀錄的保持人。不管什麼科目，她完全站在高分的世界，書寫是幫助她知識的力量。

為了犒賞她的努力，大人們精心策劃慶祝會，花了錢帶全家人出去吃大餐。高級精緻的火鍋店，它，有別於其他同業，走羅曼風。餐桌擺列整齊，擺脫傳統火鍋店內的設計形象，有點像高級餐廳，而角落則是規劃一個區域，是不必加價的牛排區，為了回饋顧客而設立。我是幸運的，因為這是一家快要結束營業的火鍋店，打出了最後的折扣；肉質新鮮，湯頭濃郁，滿足食指大動之後，優點是還能不傷荷包。牛排區的大廚有俐落的身手，他煎出來的牛肉都是柔嫩而多汁，咀嚼起來則是香氣十足而彈牙，牛肉以美味俘虜食慾，最後又被征服在口中，征服在胃中，正好是許多美食主義者，對於食物品味力量的期待。牛排的刀叉銀製的，看起來很高貴，緊握中的手腕弧度很優雅。在我面前，切開一段溫柔浪漫的時光旅行。

許多火鍋店並沒有提供牛排的服務，單純的湯湯水水，連沙拉吧也匱乏。這家火鍋店厲害的地方，是它不走單調風，而是把美食重點式的呈現，店內客人的選擇必須經過猶豫，在這樣的悠閒時光，才能抒解壓力與偽裝。牛排食用到尾聲，口中乾澀，用果汁盛裝的酒杯，與面對面的情人或朋友，對碰著乾杯，那感覺，真讓人欲罷不能，無法自己了。果汁之後，那鍋濃郁的湯便能將心情煮沸到高點，這是這間店的特色。結束營業後就再沒見過了。火鍋火鍋，來點高格調也別有一番滋味呢。

後來才知道，在寸土寸金的台北環境營業，是生存的一項挑戰，利潤取決存在的年度，經營不善者，只能易主了。據說牛排的成本太高，沒有額外收費的方式是倒閉的關鍵，看來進貨成本的現實面，比起貼心服務，要重要多了。看看菜色走平價風的低成本店家，它的品質不見得很好，高朋滿座的景象卻經常發生，可見得比起浪漫，更多人只想要低價消費。

那天，聽完妹妹吃火鍋的心情之後，兒子問我會不會想要去吃到飽？我說我害怕發胖。那麼，一般火鍋呢？兒子抬頭看我，他說，妳可以吃小份量的火鍋啊，反正妳就是吃飽睡，睡飽吃，不出去運動，完全懶洋洋，妳的圓滾滾細胞是命中註定，與火鍋無關。

這樣啊。我冷冷回了兒子一句，原來我天生就有豬的優點，適合把自己扔進火鍋裡，煮成一鍋豬肉火鍋湯頭。

講完，我開始沉思。是的，我是一份火鍋，說不定，人生本來就是一份火鍋。我們在生活中探索，因為成功或者失敗，讓生命擁有不同味道。每個人都是單獨個體，因此許多時候是寂寥的苦味。愛與恨的恩怨情仇迷失自我，失去幸福的笑容後，成為變調不再新鮮的霉味，有辣與苦的元素，品嘗起來欲淚嗆咳。

一份火鍋，烹煮著我們的悲歡離合。

我問朋友喜歡在什麼樣的日子吃火鍋。她想了想，看氣溫囉，假如氣溫寒冷，連陽光都不爭氣，多雨的日子讓自己無心出去買菜準備三餐，嗯，麻辣鍋美味的湯頭如果在這個時候湧現，我想我會去吃，尤其是濕冷起霧的日子，坐在麻辣鍋店裡向窗外看去，一定很舒服。

或許吧，我陶醉溫熱湯頭的味道，因為酸甜苦辣正是人生滋味。走過很多店家，都是在一個獨立空間規劃調味醬料的放置區，任君取用，可以因個人喜好，多一些甜味或是辣味，對飲時光的沉寂中，火鍋湯頭，勾引舌頭的神經牽動著淚腺，常常一邊喝湯一邊流淚。誰不是這樣在品嚐美味？當心裡有一件悲傷的事情，麻辣鍋便是一種好選擇，在辣味中盡情流淚，不輕易哭泣的英雄，也可以藉由一鍋麻辣湯頭，讓淚水，盡情地奔流，而不必感到難為情。

心思細膩的女人，才會願意親手烹煮火鍋。儘管放入食材先後次序因人而異，而我另當別論，我的神經大條又缺乏邏輯性，吃自己動手煮的火鍋，只是單純的飢餓感作祟。然而，話說回來，我也已經在自己的火鍋裡煮了三十多年的人生，快樂的甜味是無法丈量的熱度，這個世界是多采多姿的，我把歡笑的聲音加進去，我的親朋好友都吃得津津有味呢！日復一日，在人生的酸甜苦辣裡，尋找希望的味道。

那些旅遊的驚喜

之一、從青海民謠說起

「青海青，黃河黃，更有那滔滔的金沙江……」童年唱著這首歌謠，遙想的是北方高原的遼闊，那裡有成群結隊的牛羊，還有一大片草原，綠油油的壯觀景色，彷彿無邊無際的在天空下生長。歌詞的意境有些慓悍，有著英雄的氣勢，使我忍不住想起成吉思汗領導的蒙古，順便也想起新疆。會是哪裡呢？歌詞裡形容的地方，這個話題就此懸擱著，像我的童年時光一樣；像蒙古與新疆離我的距離一樣，好遠好遠了。

而這首歌謠旋律卻不曾走遠，時不時的在心上吟唱，我開始嚮往，北方的大河滔滔。

可是，成年後，我第一次的旅遊足跡，卻是選擇泰國。

計畫好像永遠跟不上變化。

「妳想去騎大象跟觀賞人妖秀嗎？」如果有人這麼問我，便會看見我茫然的眼神。

也許是縱橫天際的時間不算長吧。

下了飛機當我仰望泰國的天空，墨黑色的雲層也安靜的俯瞰著我。

之二、輕盈的眺望

深夜的十字路口，霓虹燈彰顯雲端的平凡，一大片五光十色的招牌，在夜的街道閃動著。旅館未打烊的商家，都點上華燈，被萬籟俱寂的空氣燃亮，有些裝潢擺設雖然線條極具現代感，那些侍者的制服卻毫無改變，穿著古老的傳統服飾。我最怕看見懷舊的空間，昏暗狹長的走道陰森，彷彿有個阿飄躲在暗處，埋伏著，伺機而動，還好，這裡的建物整理得明亮寬敞。

咖啡豆煮沸出的香氣在窗外漫溢，每一天，咖啡杯盤都要在這裡把旅人的笑談聲聆聽一次，聽了又聽，心事的秘密卻是聽不到的。看著那些男男女女圍坐而成的廣場，我和朋友像是學習慵懶似的，也一句句的聽著：這是日本人；這是美國人；這是法國人，聽到大陸腔說國語的時候，我們更專注了。這是一個皮膚白皙保養有方的貴婦，與對面而坐的同行友人對話，說起外遇的丈夫。她與同住一個屋簷下的婆婆相處得並不好，為了生兒生女的理念，她終於觸怒了婆婆，與丈夫開始分居生活。她的堅持換來丈夫的不忠，直到外面的情婦生了兒子，非吵著離婚不可……我想像著，當簽字的時刻來臨，她是否後悔的遺憾著婚姻？或是慶幸自己恢復單身的自由呢？

咖啡杯盤皆塗繪一朵花，有些別緻，帶著濃厚的藝術。聽說民間信仰兩種花，紅花生女白花生男，這杯盤設計走歐洲風，在花色方面刻意強調潔白無比。這裡的人們也相信這種說法嗎？綻放在陶瓷上的白花也能順利一舉得男嗎？我也用心記憶這朵白花，卻只是想記住略有色差的形狀，這麼多杯盤盛開的朵朵白花，果真能夠滿足那傳宗接代的心靈嗎？

據說這裡是人妖的發源地，貧窮的一般人家為尋求溫飽，販賣孩子成為人妖，若能成為紅牌，多少也能為家中繼續帶來優渥收入。在泰國，生為男兒身，究竟算不算幸福呢？

這個度假聖地彷彿在討好觀光客，不論是小吃酒吧還是紀念品商家，氛圍都精采動人。

那麼，騎乘大象呢？

泰國又稱為大象之邦，我看見很多很多的象群，這裡算不算大象豐收地？那些大象彷彿能懂人話，安靜而服從的讓人們坐上身，像古戰場準備出征的英雄，我注意到前方遊客，認識的，陌生的，在當地服務員的幫助下往前走，一路上，充滿陽光與喜悅。像是人生的某種啟發，只要迎著陽光勇往直前，就能看見等在前方的驚喜。於是，同行的友人歸來後，忍不住發表他們發現的驚喜：「大象雖有高度，仍無法像高樓那樣遠眺，即使努力一眼望去，只能看見不算遠的屋舍與人家。」

我因為缺乏興趣所以沒有搭乘大象，但喜歡附近的湍急河流，泛舟就是從這裡的溪谷中穿梭而過，冰涼的泉水推著舟船順流而下，時不時噴濺在肌膚的沁涼，像某種起落的高潮。

泰國的休閒娛樂難得一見，非常新奇，可是，我還是喜歡台灣，對台灣的熱愛使我站在花東縱谷眺望時，有了想飛翔的慾望。花東縱谷飛掠的鳥禽，那次，抬頭看見俯衝的英姿，喔，有老鷹啊？

之三、雪皓皓，山下好風光

老鷹的雄姿振翅欲飛，一個朋友從遠方歸來，帶來了飛不高的老鷹印象，那些振翅的聲音，住在一張又一張的照片裡。網路相簿是個偉大的發明與成就，遠離了花東縱谷，透過網路認識這些印記，我可以看見另一種美景：被陽光映照得燦亮的白雪，融化時有特別纏綿的聲音。

新疆的賽里木湖，在冷風中，如一面面冰塊製成的澄透鏡子，清晰下的山峰，美得像只能在夢裡相逢。朋友Alan從新疆回國，帶來不少驚喜，那一步步的印記，歡笑或者疲憊，都濃縮在盛裝相片的記憶卡了。乾燥的白晝，陽光不夠暖，卻像一支彩筆，把遠方的遊牧民族與純樸建物，塗繪出飽滿而熱情的人文薈萃，刻意調出黑白色澤，凝視照片裡的光影，也許街頭，也許廣場，剪影下的故事劇情，會不會遇見幸福呢？

「碧雲天，黃葉地」，這裡的風景正是如此，白雲無暇，癲狂的飄移在一塵不染的天際，只是黃葉一地的零落機會並不多見，倒是白了髮的山頭充滿典雅，可以增添幾分詩情畫意。

朋友說這裡的夜晚來得遲，因為緯度的關係，晝長夜短。所以啊！我心裡想：「波上寒煙翠」的美景，是否能在白晝裡持續好久的時間讓人嘆為觀止？「五月份大約下午十點半，天色未全黑，藍藍地好美啊！」朋友讚美的說。而沿岸搭起小屋的人群，日出而作日落而息，他們的笑容都很真誠，應該是知足常樂的居民，開朗樂天的個性使他們快樂的面對每一個新的一天。月色來臨之前，他們有很長的時間工作、休閒或娛樂。我注意到翱翔天際的老鷹，因被豢養而成為遊客拍照的玩物，欲振乏力的翅膀拍擊在朋友肩上，依然如此威武。

「中華兒女來吧來吧，拿著牧鞭騎著大馬，馳騁在這高原上，瞧那偉大的崑崙山。」我唱著童年的歌謠，輕快地翻閱新疆印記，這裡的老鷹像不像歌謠裡的大馬那麼多？是否曾英姿煥發的飛越過屬於另一個城市的崑崙山？看著那禁錮的腳圈，令人擺佈的姿態，忍不住臆測，當雄鷹得不到自由被遊客的閃光燈攝下一身的落寞，牠的眼中會不會多一些成就，會不會少一些哀憐？

之四、回歸歌謠之美

我在網路上查了查新疆與青海的地理位置，若以世界地圖來說，它們距離其實並不遠，只是它仍是浩瀚的，一旦踏上領地，便讓人容易有無邊無際的嘆息。雖然朋友已經回國帶來新疆印記，從沒去過的我，仍雀躍地看著他在留言版上與人熱烈討論著新疆的所見所聞。穆斯林教派的女人會在頭上綁上頭巾，比較崇拜美麗與青春的辣妹，就不見得願意這樣妝飾了，她們一身歐洲風的花俏打扮，像某個國家的首都流行，不論是衣裳還是飾品，不再擁有北方民族的特色，當然她們仍須遵守基本規定，例如不能裸露肩膀與大腿，不能穿著背心與短褲，開放的品味也許不同，卻散發著金屬的脆響，彷彿還帶著搖滾的動感。而配戴著代表穆斯林身分頭巾的女人，一樣很美，是新疆裡永看不膩的一道風景。

從童年開始傳唱的青海民謠風光，總讓我聯想起新疆的河山，以及蒙古的荒漠。「在那遙遠的地方，有位好姑娘，人們經過了她的帳房，都要回頭留戀地張望。」北方女子，個個都很美吧?有堅忍的毅力，才能傳唱出流連忘返的曲調。可惜，我沒有踏上歌謠裡的高原，照片張張翻閱，領著專注力，我彷彿像坐大象那樣地騰空而起，一目了然不算遠的前方，繼而等待著驚喜。一路翻閱到百貨建築，算是見識到人們無法抗拒的消費力量。新疆繁華的地區，無數個大樓比著高度，在地平線上，無聲的站成黃昏。

我在泰國的那一年也看過這種大樓，午後的海鮮小吃在一樓店面裡快炒著香氣，螃蟹與椰子是此地熱門的招牌。坐在餐桌上大快朵頤，玻璃曲線瓶的可樂冰涼，滑入咽喉，使我解放了長髮，讓熱風徐徐吹掠頸肩。

上了遊覽車之後，導遊說起人妖話題，泰國的人妖舉世聞名，每一場的表演都能聚攏四面八方而來不同種族的觀光客。表演的場的有一座大型的舞台，除了能夠演出魔術，還能像宇宙一樣，排列出許多星星似的美女，以及包括團體舞在內的多國語言合唱活動。據說人妖平均壽命大約活不過三十五歲，業者為了賺取更多的錢，竟不斷在他們的體內注入女性荷爾蒙。是不是一定要很殘酷，才能製造一場無悔的旅行回憶。

泰國之旅是多年前的事了，我的相簿裡至今仍住著當年的印象。輿匆匆翻開相簿，我們雖然身為高等智慧動物，卻留不住似箭的光陰，相機成了好幫手，那相簿裡一張張輝映的影子，剛好輔助記憶呢。

天空下的一草一木很沉默，安份守己的住在記憶中，旅行留影，那些美景前方，遼闊的高原；能懂人話的象群；紅顏未老恩先斷的失婚少婦；欲振乏力的老鷹；強顏歡笑的人妖，他們仍生存在這滾滾紅塵之中，這樣的角色，會不會有增無減？

天黑了，前方的夜空燃放煙火，一多接著一朵，重複著燃亮與黯淡，像花一樣的開開落落。台灣十點半的夜空，沒有新疆的淡藍色，大概因為黑，才能更加襯托出煙火的淒冷美絕。

端了一杯熱茶，我彷彿看見許多往事，是歲月無法重來的，在煙火的螢亮下，重現。

再訪童謠風光

之一、音樂裡的北方

飛機也許會飛行很久，新疆與台灣，距離很遠吧？只是不知道如果以數字來換算，需要多少時間？我很害怕搭乘飛機，從沒有想過北方的距離，更別談論旅遊。翻了翻音樂課本，對我說：「這些，都是新疆民謠」的兒子，很嚮往「風吹草低見牛羊」的畫面，我告訴他，新疆美景，還是用想像的比較快。

是在初春的傍晚，我聆聽兒子吹奏著課堂上的音樂歌謠，直笛宏亮而清響。炙熱的陽光慢慢西下隱入夜色，路燈逐盞點亮，我也打開家中日光燈，照在小學的音樂課本上，康定情歌、達板城的姑娘、在銀色的月光下……「那些優美民謠，原來和北方有關的哪？」兒子的直笛吹得不錯，旋律沒走調，只可惜沒有吹出民族英雄的豪邁和威武。因為求學時課本裡的知識，邊疆都是驍勇善戰的勇士；因為這些戰績進入歷史，許多地理環境還留著文化遺產，令遊客們嚮往，那些英雄與美女也成了旅遊焦點。而我覺得那些笛音，氣勢薄弱了。

之二、新疆的民族

從新疆回來的朋友Alan告訴我，達板城真的存在，達板城在維族人的心中，意思是指山腳下的城市。歌者舉手投足間的幽默，哼著輕快的旋律走過，走在網路影片中的一片美景，那裡，就是達板城，就是山腳下的城市嗎？

影片的男主角活潑大方，使整個場面趣味十足，於是在故事中，他得到女主角的芳心。當他一心一意向美女眉宇傳情的努力得到了成功，女主角也以新嫁娘的妝扮粉墨登場，騎著一匹馬車，順著羊腸小徑，在吞吐塵埃的日光下前進著方向。

背景裡是午後時分，和朋友出發的時間相差不遠，陽光自風中搖曳的葉縫中篩下來，一層又一層斑駁的映照在土石泥地上，一列列排隊整齊的，是歌詞裡的水果嗎？那看不清楚的畫面，彷彿透過光芒，可以看見長得像頭盔，一顆顆在溪谷沙地中等待成熟的西瓜。

然而，這並不是西瓜，而是不知名的蔬菜類。風走過，沙吹過，朋友坐的遊覽車也不疾不徐地經過。

其實，達板城地理位置屬於新疆境內，我喜歡的高原就在不遠處。高原的視野特別寬廣，像是沒有了邊際，當風吹軟草皮，馬羊便在悠閒下，踏出向晚中，夕陽將落的剪影。

草原上的民族幾乎都是哈薩克族，過著日出而作日落而息的放牧生活。因為個性刻苦耐勞，沒有人從事乞丐行列，有尊嚴的奔馳高原上，養殖吃草動物，牲畜成為收入來源。哈薩克族的財產表現在動物的數量上，愈富裕養的牲畜愈多，因此不喜歡別人仔細點閱那些馬匹和牛羊。他們有專屬的清真寺。單獨做禮拜的地方便在不習慣與維族人共享心靈寄託的前提下，建造了。

稀疏的綠樹，種植在起伏的山稜地形，路上的碎石子在腳下揚起歷史的灰塵。我被遠方溫柔飄移的雲迷惑住了，雲朵本身並不特別，只是像棉花糖似的蓬鬆，因風而移動漂流，然而，仔細欣賞後，便移不開目光了，它的顏色不完全潔白，彷彿橘紅暈染的色澤，雖然算一場黃昏，卻有許多炊煙緩緩升空，增添了天空的氣色。我相信很多年以前，這裡確實是燒烤天堂，看那馬兒壯壯牛羊肥，在鐵板上燒熟的滋味一定讓人回味無窮，怪不得這裡的牲畜代表財產，是重要的收入來源，牠們既可以養飽荷包，也能夠滿足了人的味蕾。於是，我的目光移不開那朵雲，想像著乾淨的餘暉，曾漫溢著血腥的氣味。

之三、童年歌謠今日夜色

這些曾經是我求學時代朗朗上口的音律節奏；也是國片電影中男女主角深情款款浪漫纏綿的背景插曲，有些場面也會來此地取景。披著綠意光澤的山稜，被安穩的白色霜雪薄覆蓋住，倒影在前方的湖泊與水面融合，竟有上下顛倒的錯覺。住在此地走出戶外，便能見到一輪明月偶爾隱匿雲中，又破雲而出，在很深很深的夜。異國的一切風光，總引人遐思，就像台北的天空，被大雨糾纏，雲霧繚繞之際，總有無窮的想像力讓人們去感受它的神祕。

台北的氣象萬千，常常夜愈深，雨愈大，我就在氣溫下滑的窗前看著天空。

朋友Alan在新疆旅行的日子裡沒有遇見雨季，只是冷，走向乾燥的伊犁大草原，忍不住吟詠著：「朝穿皮襖，午穿紗，抱著火爐吃西瓜……」可見得此處晝夜溫差大，還是台灣氣候型態好，比較均衡。當年，「達板城的姑娘」為什麼膾炙人口呢？而現在，為什麼又被人們遺忘呢？兒子會吹奏旋律，短短的節奏幾分鐘就結束了，全是笛音，如果拿開笛子用嘴巴唱出歌詞，班上也沒幾人能唱完整首歌。於是這首歌，安靜了也寂寞了。

我輕吟著月亮彎彎的康定情歌；輕吟著被年輕人遺忘的達板城姑娘；輕吟在那銀色沙灘上，從銀白月光旋律的想像裡走到今晚的窗前。

沙灘上有戀人足跡，當整片月色灑下來，便成為一首詩。朋友說新疆的確像一首詩，這首詩裡有不懂疲憊的鳥禽，自水中央飛掠，照片裡，牠們三三兩兩自西方呼嘯而過。因為天空澄淨，很深很深的夜，仍是藍藍的色澤，有些地方甚至可以看見一大片一大片璀璨的星星。

雨中的窗外，我彷彿也看見璀璨星河，如此懾人心魂。星星照亮的夜色，撫慰遠渡重洋遊子的心靈，就像是語言裡不同的男女老少和平相處著浪漫。我習慣在手腳冰涼的時刻來杯熱咖啡，而新疆的Alan呢？那晚當他沿著河岸散步回到下榻飯店，途中，緊握住相機的雙手，是否藏著殷勤的期盼：「說不定溫度愈來愈低，能遇見一場霜雪夜。」

看著他從新疆帶回的美麗畫面，我很能明白民謠為什麼可以這麼動聽。這裡有愛情故事，令人沉思嘆息；有動物奔馳的大草原，可以流連遊憩；還有一片涼銀河，見證著古往今來的戰火與寂寥。

台灣在傍晚過後烏雲密布，雨水不久之後就降臨大地，兒子用笛子吹奏的邊疆民謠，在風雨中斷斷續續，真是風雨中的塞外風光啊！那些音樂旋律充滿懷舊，雖然現在的年輕人多數並不熟悉，也不再存有對邊疆之美的幻想，但是對於一個領悟月光詩，遙想草原風，看過藍天空，從新疆照片裡甦醒的，愛作夢的人來說，似乎無關緊要。

今夜大雨，我想沿著溫暖被褥的指引，在達板城的姑娘歌聲中，走入一場邊疆的旅行。

心動異鄉雨

之一、用夢的口音

「如果有雨要記得多拍下幾張照片喔！」我說。在朋友遠行佛羅倫斯前夕，我有些囉嗦地對他耳提面命。

這是他第一次飛越半個地球，抵達的最遠的國家，光是搭飛機，就可以睡上個大半天。之前他都挑選東南亞沒有時差的，鄰近的國家度假，這一次是幾個老朋友的邀約，規劃了二月份，季節可以慵懶的時候，工作告一個段落，氣象局也捎來好消息，「那幾天的佛羅倫斯是晴朗的好天氣。」

他從年輕的時候開始，每年都一定會安排旅遊，當做自己辛苦工作的獎勵，用好奇的眼神去看這個千奇百怪的世界，所以，縱橫天下得來的知識，讓自己順利地增廣了不少見聞。如果我對歷史環境有疑難雜症，多半會向他請教，只要是知曉的，他都能樂意分享。這幾年來，他對東南亞民俗風情感到熟悉，甚至能倒背如流，他便把步伐踏向更遠的領域，像是學生時代憧憬的翡冷翠。這次與友人結伴而行，也算是圓滿了學生時代的夢想。

「不會下雨喲。」朋友用夢的口音，輕巧的回答。

之二、第一個驛站

朋友從機場直接進入時尚之都米蘭，旅行團的行程是緊促的，抵達米蘭的街頭，他的歡快心情被雨水淋濕，立在路邊的雨中咖啡館，少了河岸的靜謐，便出現很多的不同，然而，依然有不變的，例如只要你想坐著喝，就得付出代價。朋友付出昂貴的代價了，因為一場讓人束手無策的雨。坐在窗邊，一邊喝咖啡，一邊看窗外，因為下雨，行人的腳步有些乒荒馬亂，一把把鮮豔的傘花，也就這麼上路了。

才推開門走出去，馬上被雨濡濕了褲腳，細心觀察，有些難以置信，這場雨，原來要走過去才會知道有多麼壯觀。一步一腳印，用堅持的方向，才能記憶這雨中的米蘭。

當一滴雨滑過米蘭。

義大利的男人女人都有五官深邃的優勢，標準歐洲洋娃娃的優雅。這裡觀光客很多不同膚色的種族，衣著容貌，成為醒目的角色。古羅馬帝國為它後代留下許多豐功偉業，這個歷史悠久的國家，文化古蹟算是保存比較有方的，已經屹立了千年的歲月，外觀維護得很好，連多數民宅都有百年以上的屋齡，是一個極有特色古蹟的國度。當然，它的廣場也是吸引人的因素，步伐累了還能找一處歇腳，是很悠閒的享受了吧！廣場附近有一家極為有名的金咖啡，咖啡香味很濃郁的咖啡店，不同膚色而來的遊客，都一定會在此喝咖啡，並且，買下咖啡。

朋友向來討厭下雨天，只是遇到了還能怎麼辦?當然掩護的地方還是有的，像是選擇一家店，再進去喝杯咖啡，就怕如果雨不停，會喝到「咖啡中毒」，也許，短時間內，他再也不想與咖啡，相親相愛了。

一旦開始往前走，就不能停下來，否則，雨會一直無情的往身上拍打，每一個邁出的角度都有阻力，逆風穿梭，傘花捧住了風，東倒西歪，雖然不是第一次面對風雨，朋友還是吃力的用傘割破風雨，才能順利往前，被割破的雨，憤怒的飛墜著，好不甘心。朋友沒有選擇咖啡喝到飽，決然伴風伴雨而行，一把傘，融入人群中，一來一往的身影，彷彿在雨中共舞。

朋友帶著剛買下的相機，拍著雨，拍著人，也拍那些傘花。他的外套和背包被雨水冷冷拍濕，在八度C氣溫裡隨時可能下降體溫。毫不猶豫，完成行事曆規劃好的目標。看著那些照片的時候，我忽然有些震動。他那實際講求效率的人生，也是用這樣的堅強，克服前方風風雨雨的吧!而我卻只能在台灣的夜裡，以一張照片的距離，去認真體會他人生的堅強與堅持。

米蘭的雨始終紛飛，回遊覽車前一刻，米蘭大教堂外的廣場上，朵朵傘花，開得更璀璨了。

之三、遇見咖啡香

教堂內外一年四季都熱鬧滾滾，朋友抵達剛好適逢大雨，旅行團的遊覽車，車窗爬滿雨水，呈現的不規則狀，像幾何圖形，充滿藝術感，米蘭在雨水的沖刷下，也顯得更古老了。那一把把綻放的傘花，五顏六色，在此地，男人用的傘也講究，不像在台灣，男人大多用素色雨傘，多數是黑色的，這算不算是一種標記？顯示出東西方男人對時尚與審美觀的差異性。那些傘花，圖案豐富，顏色鮮豔。單看一把傘不覺得美，一大片在雨中繽紛著，就有儷人的美感了。雨中漫步也是要整體的一種感覺，單單一滴兩滴，與水龍頭的水並沒有什麼區別。在米蘭等著朋友旅行團的二月之雨，比想像中的雨景更浪漫，形形色色的傘齊聚一方，就像雙雙走入雨中共舞。我閉上雙眼輕巧越過，想像自己是一把傘，被他握在手中，並不驚擾浪漫，然而，它們的溫度就附著在我瞳眸，清晰耀眼而醒神。

雨中，除了傘花，咖啡廳也很吸引大家的注意。咖啡，是非常鬆弛愉悅而閒情的的下午茶飲品，台灣街頭也矗立咖啡館，價格中高，走品味高雅風，是情侶或朋友同事，約會聚餐的好地方。朋友對咖啡並不陌生，只是久聞義大利的咖啡，獨特烘培技術特別香醇，對它仍有一種躍躍欲試的新鮮感。遇見咖啡香，窗明几淨的立在路邊，露天的，室內的，一字排開。

「雨中咖啡館啊！」他卻嘆息：「不及河岸的靜謐。」

空氣中響起了一道道的鐘聲。

已經是入夜了，這陣鐘聲將溫度調得更低，冷冷清清顯得更寂寞。「氣象局說是好天氣，雨一定不會下的啦。」朋友在心底嘀咕。有雨陪伴的旅行，該有多掃興啊！

在威尼斯，搭乘觀光小舟剛朵拉，前方微風徐徐，太陽耀眼著，可是，驚喜越來越不同，來自路邊的咖啡館，乘風而去都會渴，只要有空位，就沒人願意錯過品味。咖啡館立在河岸旁，味道可口，但，價格卻別有洞天「分內用與外帶」，更正確來說，是「站」著與「坐」著的價碼，完全不同。朋友說，如果要划算一點，只能點杯站著喝的咖啡。然而，我忍不住想著，站在店內喝不奇怪嗎？我沒去過義大利，直覺如果是自己，應該就這麼「外帶」回家喝了。朋友向來是注重品質的，生活態度一絲不苟，於是，他點了杯「外帶」咖啡，面向河岸，在一艘艘剛朵拉的陪伴下，品嚐一個人的向晚時光。面對歷史恆河的義大利，也許是陽光讓他的心情豁然歡愉了。

之四、里阿爾托橋

是傍晚，舊橋上輝映與天空相同的顏色，完完全全是昏黃的，像一部懷舊電影。朋友面對著眼前的美景，按下了快門，他期待手中的每一個鏡頭，都能有一條月光河，只是，柔美月色始終沒有出現，倒是響起了一陣陣鐘聲來。

入夜後街道有點出乎意料的蕭條，聖馬可廣場周邊商家一一打烊，逛著逛著，路上行人愈來愈少，大家都熄燈就寢，說到底，也是回旅館休憩的時刻。於是，導遊集合大家離開這條入夢的街道，來到島上下榻的旅館。

廣場古老的旅店在水道路燈明亮中，將風塵僕僕旅人的心留下了。萬籟俱寂的舊橋下蕩漾著粼粼波光，緊鄰的聖馬可教堂旁的鐘樓，滴答滴答，一刻也不容許延遲，敲響著大家流逝的光陰。

住在讓人驚嘆的威尼斯朋友也睡不著了，緊臨這座走入思古之幽情的教堂，夜晚九點以前一個小時準時地，敲響了一次鐘。

聖馬可廣場，旅行社安排的一站。剛好碰到當地的面具節，也見識了義大利人的風俗民情與文化，朋友不只一次的說：「義大利人挺熱情的。」

最熱情的，是他們充分利用節日這件事，明明是不認識的觀光客來共襄盛舉，每個人卻都手舞足蹈顯得很快樂。穿梭在詭異面具與裝扮的人群，朋友入境隨俗，陶醉在其中。我看著電腦裡傳來的照片，剛拍好不修邊幅，連後製都沒有，新鮮得像剛出爐的麵包。通常廣場的主角是鴿子，沒有鴿子便不成廣場，可是，我忍不住有了疑問，鴿子，是重點嗎？那些照片裡除了女人，還是女人，偶爾偶爾，才有男人走在相片裡，而背景灰濛濛的，沒有鴿子。

但是，我看到了一座橋。

可能因為歷史文化悠久，每年為這國家帶來近五千億巨大的觀光收入，來自各國的旅客熱情洋溢，很像是來尋找知識的考古學者。知名建築聚攏人潮，四處都是拿相機的觀光客，拍照還得排隊，才能順利的與雕像合照。在佛羅倫斯朋友換角度，獵攝文藝復興遺跡的壯觀與輝煌，試圖探索它的興盛與衰落並尋找詩人徐志摩翡冷翠下的腳印。

等到羅馬實地觀察之後，發現一個不可思議的現象，梵蒂岡前高樓的窗台上飄揚著，一面醒目的，青天白日滿地紅的國旗。台灣的國旗加上遠颺的心情，使他小小的想念了一下台灣。事實上當時距離回國，剩下不到七十二小時。所幸，那方窗台也入住了朋友的相機，讓我也能小小的感動了一下。回台北後，朋友迫不及待分享他的收穫：「最後一個義大利的日子，在雨中結束。」

他傳來了很多照片，在台北的向晚，夕陽已崩落的時分。

吃過晚飯，天已經黑了，空氣也晴朗涼爽，我打開電子郵件點閱朋友傳來的米蘭照片，看見細雨紛飛。就這麼點開來翻閱，忽然，看到一種幽靜，帶著冷漠，似有若無。尋覓而去，我看見一張又一張，一望無際的雨景圖。我知道雨水是一滴一滴的，大不了是一陣一陣的，卻沒想過，它竟然可以是永不停歇的。在照片裡，雨水的模樣捕捉清楚，能絲絲入扣，扣住雙眼的是「銀色城」嗎？扣住雀躍的是「波光湖」嗎？扣住傘花的是「浮雲游子」嗎？那麼，能扣住靈魂深處的應該就是「浮光掠影」了。怎麼也沒想到，台灣也能欣賞米蘭的雨景，不必飄洋過海，不必長途跋涉，卻在我的電腦裡，我大聲叫起來：「我的天！雨景啊！」

雨水在夜裡被驚動，紛紛轉過頭，散發淒清的心跳。

彷彿朋友拍攝那麼多照片，拍攝與雨水的共舞，歷史的煙硝嘆息，為的就是讓我在夜裡，看見白晝的米蘭雨景。當一滴雨滑過米蘭，也在我心中的寶島，降落。

現代散文 02

甜甜的，並不膩

作　　者：詠棠
美　　編：林育雯
封面設計：林育雯
執行編輯：張加君
出 版 者：博客思出版事業網
發　　行：博客思出版事業網
地　　址：臺北市中正區重慶南路1段121號8樓14
電　　話：(02)2331-1675或(02)2331-1691
傳　　真：(02)2382-6225
E—MAIL：books5w@gmail.com、books5w@yahoo.com.tw
網路書店：http://bookstv.com.tw/
http://store.pchome.com.tw/yesbooks/
博客來網路書店、博客思網路書店、
華文網路書店、三民書局
總 經 銷：聯合發行股份有限公司
電　　話：(02)2917-8022　傳真：(02)2915-7212
劃撥戶名：蘭臺出版社　帳號：18995335
香港代理：香港聯合零售有限公司
地　　址：香港新界大蒲汀麗路36號中華商務印刷大樓
C&C Building, #36, Ting Lai Road, Tai Po, New Territories, HK
電　　話：(852)2150-2100　傳真：(852)2356-0735
總 經 銷：廈門外圖集團有限公司
地　　址：廈門市湖裡區悅華路8號4樓
電　　話：86-592-2230177
傳　　真：86-592-5365089
出版日期：2017年7月 初版
定　　價：新臺幣280元整（平裝）
ISBN：978-986-94866-3-7

國家圖書館出版品預行編目資料

甜甜的，並不膩 / 詠棠 著 --初版--
臺北市：博客思出版事業網：2017.7
ISBN：978-986-94866-3-7（平裝）

855　　106008964